神探慕容思炫之 蜘蛛杀手

轩弦 著

SPIDER-SLAYER

南方出版传媒

花城出版社

中国·广州

图书在版编目（CIP）数据

蜘蛛杀手 / 轩弦著. -- 广州 ：花城出版社，
2020.7
ISBN 978-7-5360-9172-6

Ⅰ. ①蜘⋯ Ⅱ. ①轩⋯ Ⅲ. ①长篇小说－中国－当代
Ⅳ. ①I247.5

中国版本图书馆CIP数据核字 (2020) 第092084号

出 版 人：肖延兵
责任编辑：周思仪 周 飞
技术编辑：薛伟民 凌春梅
封面设计：八牛·设计 NEW DESIGN

书　　名	蜘蛛杀手 ZHIZHU SHASHOU	
出版发行	花城出版社	
	（广州市环市东路水荫路11号）	
经　　销	全国新华书店	
印　　刷	佛山市浩文彩色印刷有限公司	
	（广东省佛山市南海区狮山科技工业园A区）	
开　　本	880 毫米 × 1230 毫米　32 开	
印　　张	7.5　1 插页	
字　　数	150,000 字	
版　　次	2020 年 7 月第 1 版　2020 年 7 月第 1 次印刷	
定　　价	35.00 元	

如发现印装质量问题，请直接与印刷厂联系调换。
购书热线：020 – 37604658　37602954
花城出版社网站：http://www.fcph.com.cn

目　录

序 章

冷夜。残月高挂。

男人从卧房走出来，轻步走到大门前，轻轻地打开了大门。

他想走出家门，却又有一些犹豫。他舍不得他的孩子——那是他在这个家里的唯一牵挂了。

但他最终还是下定了决心，大步走到屋外。

"你要去哪里？"忽然一个女人的声音划破了寂夜的宁静。

这个声音中，带着些许愤怒，更多的是不甘。

男人吓了一跳，回头一看，只见女人就站在自己身后，披头散发，犹如鬼魅一般。

男人没有理会女人，定了定神，便再次向前走去。女人快步走过来，一把抓住了男人的手臂，加大了声音："你聋了吗？我问你去哪里呀！"

男人轻轻地"哼"了一声，甩开了女人的手："我去哪里跟你无关。"

女人咬了咬嘴唇，尖声问道："是不是又去找那个狐狸精?"

"是又怎样呀?"男人一副满不在乎的样子。

"你要是敢去,"女人再一次死死地抓住了男人的手臂,歇斯底里地吼道,"我死给你看!"

女人的叫声吵醒了正在房间里熟睡的孩子,还惊动了家中的一条狗。

只听狗吠声和孩子的哭泣声夹杂在一起,接连传来。

男人心中厌烦,再一次狠狠地甩开了女人的手,冷冷地道:"那你去死吧!"

女人脸色一变,一下子跪了下来,死死地抱住了男人的脚:"老公,求你了,不要走……呜呜……不要走……"

这一刻,男人确实有些心软了,脸上掠过一丝迟疑之色。

但转瞬之间,他又恢复了冰冷的表情,铁青着脸道:"放手!"

"我不放!"女人似乎豁出去了,大声道,"我不让你走!"

"滚开!"男人毫不留情,一脚把女人踢开了,接着大步走向楼梯。

"你会后悔的!"女人怒目圆睁,声嘶力竭地吼道,"你一定会后悔的!"

男人却没有回头,快步走下楼梯。

屋内的孩子听到妈妈的吼叫声,哭得更加厉害了。

"别回来了!一辈子都别回来了!"

女人站起身子,回到屋内。经过狗笼的时候,笼子里的狗向她吠了两声。

"吠什么吠呀？妈的！"

女人狠狠地向狗笼踢了一脚，笼子里的狗却吠得更凶了。

此时孩子从房间里走出来，哭哭啼啼地道："妈妈……妈妈……"

女人向孩子瞪了一眼："哭什么哭呀？你爸不要我们啦！他不会再回来啦！"

"呜呜……爸爸……呜呜……"孩子号啕大哭，"我要爸爸……"

"要你妈呀？"女人心烦意乱，走到孩子身前，一手抓住了孩子的手臂。

孩子似乎知道妈妈接下来想干什么，尖叫一声，颤声道："妈妈……不要……我怕……我怕……"

女人阴森森地道："不要怪我，要怪就怪你那狠心的爸！"

"不要……妈妈……不要啊！"孩子语气中充满了恐惧和绝望，令人不寒而栗。

夜，不再宁静。

第一章　蜘蛛

1

这是一个只有几百平方的仓库，仓库内存放着各种五金零件，几乎每一个零件上都布满了灰尘。

此时此刻，陈小娟在仓库里的一间办公室中，一边抽着烟，一边查看着最近的账单。

这时候，一阵敲门声传来。

"进来。"

办公室的门打开了，走进来的是一个二十来岁的男子。他向陈小娟点了点头，恭恭敬敬地道："娟姐，阿鹏来了。"

"哦?"陈小娟微微抬头，"有'货'到?"

男子颔首："好像是的。"

"好，我去看看。"

陈小娟走出办公室，只见仓库的大门前方站着一个三十来岁的男人，正是经常向她提供"货源"的阿鹏。

陈小娟走到阿鹏身前，还没说话，阿鹏已嬉皮笑脸地道："娟姐，晚上好啊。一段时间没见，娟姐你怎么又年轻漂亮啦？不会是拿了那些'货'的心肝当补品吧？哈哈！"

"好了，"陈小娟板着脸道，"废话就少说吧，来找我什么事呀？"

"我来找你还能有什么事呀？"阿鹏笑嘻嘻地说，"这不是给娟姐送'货'来吗？"

陈小娟眯了眯眼睛："'货'呢？"

"在车上。"

"'正品'还是'副品'？"

"'副品'。"

陈小娟皱了皱眉，有些不满地说："上次不是跟你说过我们最近缺'正品'吗？'副品'价格不高呀。"

"娟姐呀，现在全国各地都在宣传'打拐'，大家的防范意识都提高了许多呀，我们下手的难度越来越大啦。"阿鹏一脸为难地说，"再说呀，现在街道上的监控摄像头也越来越多，我们可以下手的地方就越来越少，所以我们都是一有机会就下手了，哪里还会管是'正品'还是'副品'呀？"

"好了，别那么多废话，"陈小娟有些不耐烦地说，"先带进来看看吧。"

"好咧！你稍等呀！"

阿鹏快步走出仓库，来到停在仓库门外的一辆汽车前方，从汽车的尾箱中抱出了一个麻袋，接着抱着麻袋匆匆回到了仓库中。

与此同时，仓库内一名工作人员立即走到大门前，探头一看，确认此时仓库外没什么可疑人员，便关上了仓库的大门。

阿鹏回到陈小娟身前，打开了麻袋的袋口，只见麻袋中有一个四五岁的女童，此刻双眼紧闭，似乎正在昏睡之中。

原来这里并非什么五金仓库，而是一个拐卖儿童团伙的窝点。

陈小娟是这个拐卖团伙中的一名"上线"，负责从本市的人贩子手上收购他们所诱骗、掳走的孩童，再运到 L 市外，卖给"下线"，让"下线"去"零售"。

刚才陈小娟和阿鹏所提到的"正品"和"副品"，都是拐卖团伙内部的"暗语"，"正品"是指男孩，"副品"则是指"女孩"。

此时陈小娟见麻袋中的小女孩五官精致，点了点头："嗯，品相还不错，在哪儿抓来的？"

"就在文兴市场那边嘛。她妈妈在买水果，她在妈妈身后玩儿，我见她妈妈在专心挑水果，就顺手牵羊，把她抱走了，嘿嘿！"阿鹏一副沾沾自喜的样子。

"多久前抓的？"

"不到一个小时。"

"没被监控拍到吧？"

"肯定没有呀！娟姐，"阿鹏拍了拍自己的胸口，胸有成竹地道，"我干这个也干了好几年了，怎么会犯这种低级错误呀？那个市场是没有监控摄像头的，我开车过来的时候，也特意经过了好几条没有监控的小巷，条子那边是肯定追查不到的。"

陈小娟满意地点了点头，吩咐身边一名手下："小王，你带他去领钱吧，两万。"

"两万？"阿鹏皮笑肉不笑地说，"娟姐，这'货'品相好呀，我还打算卖三万呢，呵呵。"

陈小娟"哼"了一声："现在'副品'的市价就一万八，这个你自已也清楚吧？我见你这个品相好，才给你加两千，不卖拉倒。"

"娟姐呀，这可是我冒着生命危险抓来的，没有功劳也有苦劳呀。一口价，两万二，怎么样？"

陈小娟摆了摆手："那边本来就不缺'副品'，我收了你这'货'，说不定还要赔钱呢。两万，你乐意就留下，不乐意就带走吧。"

阿鹏见陈小娟语气坚决，只好说道："好啦，两万就两万吧，娟姐，我这可是亏本买卖呀。"

陈小娟懒得跟他废话了："小王，带他去领钱吧。"

小王带着阿鹏去领钱后，陈小娟又吩咐身旁一名手下道："阿祥，你去准备一下，马上把她运走。"在人贩子把孩童送到仓库后，陈小娟一般会让手下在半小时内把孩童运到 L 市外，绝不会让这些孩童长时间留在仓库中。

就在此时，陈小娟的手机响起。她掏出手机一看，不禁咽了口唾沫。

因为她看到手机的屏幕中显示着两个字——"十哥"。

2

L市内有一个名为"鬼筑"的庞大犯罪组织，组织中的成员在首领"大鬼"的领导下，杀人纵火、走私抢劫、绑架勒索、制毒贩毒、贩卖人口、开设赌场、经营夜店，可谓无恶不作。

目前，以L市公安局为首，多地警方正在联手打击这个犯罪组织。警匪之战，如火如荼。

鬼筑旗下有一个拐卖集团，首脑名叫王子夏，代号"黑桃10"，是鬼筑中的高层管理人员之一，人称"十哥"。

数年前，陈小娟是王子夏这个拐卖集团中的一名"上线"，她从人贩子手上收购孩童，再转卖给王子夏，以赚取差价。

两年前，当时L市公安局刑警支队的支队长宇文雅姬成功瓦解了王子夏的拐卖集团，捣毁了他的贩卖儿童地下工场。

这个地下工场实际上是一个中转站，用于暂时藏匿从"上线"手上收购的被拐孩童，等"下线"找到买家后，再把孩童从工场运出，进行"零售"。

在地下工场被摧毁十天后，王子夏约陈小娟出来见面。

"小娟，咱们的工场被条子发现了，'货'都没了。"王子夏往地上吐了口唾沫，"如果不是我跑得快，你今天也见不到我了。"

"啊？"陈小娟吃了一惊，"十哥，那怎么办呀？"

王子夏翻了翻眼皮，冷笑道："嘿，还能怎么办呀？认栽呗！不过这个宇文雅姬实在可恨，我早晚要把她弄死！"

陈小娟不敢答话。

王子夏看了看陈小娟，满脸的肥肉堆出了一个笑容："小娟，今天我叫你出来，是要跟你说一个事儿。"

"十哥，请说。"陈小娟战战兢兢地说。

"工场没了，但咱们的财路可不能断，你说对吧？我想这样，以后由你这边直接把收回来的'货'运给'下线'，你们收一件就马上运走一件，可以说是零风险，但利润却比以前要高呢。"

陈小娟略一斟酌，便答应了："我知道了，十哥，听你的。"

王子夏嘿嘿一笑："好好干，十哥不会亏待你的。"

于是，陈小娟便以一个五金仓库作为窝点。这个窝点实际上跟王子夏以前的地下工场一样，是一个中转站，只是规模极小，基本上没有"存货"。

接下来这两年，由陈小娟经手运走的被拐孩童多达一百多名。这些离开L市的孩童，将被贩卖到全国各地，能找回来的机会微乎其微。

有时候夜深人静，陈小娟也会扪心自问，自己做了这么多伤天害理的事，会不会遭到报应？会不会不得善终？

可是她又想，这本来就是一个弱肉强食的世界，人不为己，天诛地灭。

在巨大利益的驱使之下，哪怕自己收手了，不再贩卖儿童了，也还会有其他"上线"代替她的位置，L市里被拐走的儿童并不会因此减少。既然如此，何必把这个赚大钱的机会让给别人？

3

此时陈小娟收到王子夏的来电，连忙快步回到办公室，关上了门，这才接通电话。

"十哥。"

"小娟，"手机中果然传来了王子夏的声音，"近来还好吧？"

"托你的福，还不错。"陈小娟知道王子夏不会无缘无故打电话给自己，接着便问，"十哥，你找我有事？"

"哈哈，是呀。是这样的，我在跟外地的一个大老板合作，他最近需要大量'货源'，我答应了他，下周三前要交给他八十件'货'。唔，你这边帮我准备二十件吧，'正''副'不限。"王子夏的语气不容分说。

"下周三？"陈小娟怔了一下，有些为难地说，"十哥，今天已经是周五啦。四天时间，我怕找不到这么多'货'呀。"

"找不到也得找呀。"王子夏冷冷一笑，"小娟，我已经收了人家订金啦，你也不想十哥我失信于人吧？"

"好吧，我尽力吧。"陈小娟知道自己是无法拒绝的。

王子夏笑道："我可不喜欢听到'尽力'这两个字哦。"

陈小娟吸了口气："我知道了，十哥，周三之前，我会给你准备好二十件'货'，一件也不会少。"

"很好。"王子夏满意地说道，"那个大老板愿意出比市场价高出百分之二十的价钱，这次的交易成了，以后咱们长期跟他合作，那可真是财源滚滚呀，哈哈!"

"嗯。"陈小娟低声应答了一声。她已经开始思考要怎样才能在四天内抓到二十个小孩了。正如阿鹏所说，现在全国各地都在宣传打拐，全民的防拐意识比以前大大提高，要把孩子拐走，真不是一件容易的事。

难道要去强抢?强抢虽然容易得手，但风险也会相对增加。

"小娟，好好干吧，事成以后，我这边再私人给你一个大红包。"王子夏的话打断了陈小娟的思路。

"嗯，谢谢十哥。"陈小娟心不在焉。

挂掉电话后，陈小娟长长地吁了口气。她知道，如果不能完成十哥的任务，后果不堪设想。

毕竟，十哥可是来自那个杀人不眨眼的犯罪组织鬼筑的。

陈小娟定了定神，走出了办公室。

此时手下阿祥走过来："娟姐，车子我准备好了，现在就可以把那件'副品'运走了。"

"先别运走。"陈小娟略一沉吟，继续说道，"先把她关进厕所里，找个人盯着她。"

"为什么呀，娟姐?"阿祥一脸疑惑，"我们这里不是不留'存货'的吗?"

"反正你按照我说的去做就是了。"此时陈小娟心烦意乱，也懒得解释了。

"好的，我知道了。"阿祥不再多说。

"阿鹏走了吗？"陈小娟接着问。

"刚领完钱走了。"

"你待会儿找人给他打个电话，让他这几天抓紧一些，尽量再带一两件'货'过来，'正品''副品'没关系，总之我会给他多加百分之十的钱。"陈小娟停顿了一下，补充道，"只限这四天。"

阿祥皱了皱眉："娟姐，为什么要给他加钱呀？'货'太多的话，那边的人也消化不完呀。"

陈小娟有些不悦："别问了，反正你按照我说的去做就是了。"

"好吧。"阿祥不敢再问。

"对了，我现在出去一会儿，有什么事给我打电话。"

"知道了。"

陈小娟走出了五金仓库。她现在准备去找一个朋友。这个朋友目前正管理着本市的一个"丐帮"，他专门从外地收购一些被拐儿童，拧断他们的胳膊，或者打断他们的双脚，然后把他们作为乞讨赚钱的工具。陈小娟想去看看这个朋友的手上有没有一些刚买回来的、还没进行肢体摧残的孩童，向他收购几个。

不一会儿，陈小娟来到了仙湖街，走进了太平二巷。她的那个朋友平时经常在这里的一间房子里打牌。

这是一条偏僻的小巷，小巷内灯光昏暗，鸦雀无声。

陈小娟一步一步地向前走，完全没有觉察到身后有一个人跟着她。

这个人的手上还拿着一根绳子。

4

此时此刻，胡庆华就站在陈小娟的尸体前方。

为了不在现场留下指纹和足印，胡庆华的双手戴着橡皮手套，鞋子上还套着鞋套。

躺在地上的陈小娟双目圆睁，面容扭曲，一副死不瞑目的样子。

胡庆华向陈小娟的尸体瞥了一眼，便倒抽了一口凉气，不敢再看她这恐怖的表情。

接着，胡庆华从口袋中取出了一个巴掌大小的透明圆形胶盒。

胶盒里有一只蓝色的大蜘蛛，那是一只学名为蓝宝石华丽雨林的成体捕鸟蛛，足展长度有十多厘米。

但这只捕鸟蛛此时已经死亡，胡庆华打开了胶盒的盖子，捕鸟蛛一动不动。

胡庆华小心翼翼地把捕鸟蛛从胶盒中取出，轻轻地放在了陈小娟的喉部上方。

接着，胡庆华又取出一根长钉，让钉子穿过捕鸟蛛的身体和陈小娟的喉咙，把捕鸟蛛钉在了陈小娟的脖子上。

"这样就可以了。"

胡庆华站了起来，向陈小娟脖子上的捕鸟蛛看了一眼，只觉得眼前的情景真是诡异无比。

5

郑天威走进辉记食店，一眼望去，只见店内坐满了客人，人声鼎沸。

"人怎么这么多呀？吃饭不用付钱吗？"郑天威嘟哝了两句，掏出手机，拨打了一通电话。

电话很快就接通了，手机中传来一个男子的声音："喂？"

"思炫，我到啦！你在哪呀？"郑天威捂着耳朵，对着手机大声问道。

"在你的十点钟方向有几个鱼缸，看到吗？"男子的声音毫无抑扬顿挫。

"看到啦！"

"我就坐鱼缸旁边的那张桌子。"

"好！我现在过来！"

郑天威快步走到位于角落的那排鱼缸的前方，果然看到鱼缸旁的一张圆桌旁有一个人。那是一个二十七八岁的男子，头发杂乱，目光呆滞，背上背着一个灰色的单肩包，脚上穿着一双洞洞鞋，一副不修边幅的样子。此刻他蹲在椅子上，手上拿着一个勺子，正在一下接一下地砸着桌面。

这男子名叫慕容思炫，是郑天威的好友。

"喂，你在干吗呀？"郑天威一边坐下一边问道。

思炫瞧也没瞧郑天威一眼，面无表情地答道："把糖砸碎。"

郑天威定睛一看，原来此时桌面上放着几颗薄荷糖。

"砸碎以后呢？"郑天威好奇地问。

"泡茶。"

"这……"郑天威皱了皱眉，"能喝吗？"

"你没喝过薄荷茶吗？"

"薄荷茶？喂！你可别忽悠我呀！"郑天威没好气地说道，"薄荷茶难道不是用薄荷叶来泡的吗？怎么会是用薄荷糖？"

思炫慢慢地抬起头，瞥了一眼郑天威："孤陋寡闻。"

"说起来，咱们也好久没见啦！"郑天威嘿嘿一笑，"你这小子，现在都成为咱们局里的刑侦专家了，不错嘛，这顿饭应该由你请客。"

郑天威是一名刑警。八年前慕容思炫初到 L 市，他所住的出租屋发生了一起谋杀案，当时主管案件的负责人便是郑天威，两人因此认识，后来更成为忘年之交。

这八年中，思炫协助 L 市警方侦破过上百起案件，不久前更被 L 市公安局外聘为刑侦专家。

"我没带钱。"思炫说罢，继续举起勺子砸薄荷糖。

"可以微信支付嘛。"郑天威笑道。

"上次去悠然居喝茶不就是我请客吗？"

"是吗？"郑天威搔了搔脑袋，回想了一下，"不对呀！上次我们都还没开始吃东西，就因为发生了案件而离开了呀。说起来，那家悠然居就像被诅咒了一般，每次咱俩到那儿去喝茶，都会有案件发生。"

"所以这次我不是把地点改成这里了吗？"

思炫话音刚落，郑天威的手机忽然响起。他把手机掏出来一看，不禁"咦"了一声："指挥中心？"

思炫本来两眼无神，听到郑天威的这句话，却双眼一亮，连目光也变得锐利起来。

郑天威接通了电话："你好，我是郑天威……明白了，我现在过去。"

"有案子？"郑天威挂掉电话后，思炫淡淡地问道。

郑天威点了点头："在仙湖街那边发现了一具女性尸体，这宗案子由我主管，你要一起过去看看吗？"

郑天威还没说完，思炫已一把抓起刚才被勺子砸碎的那些薄荷糖，塞到嘴里，一边大口大口地咀嚼，一边从椅子上一跃而起，跳到地上。

"走吧。"

郑天威摇了摇头："看来以后没什么事，咱俩还是少些出来见面为妙呀。"

"对了，"思炫回头向郑天威看了一眼，"这次就算是我请客了，下次轮到你请客。"

6

不一会儿，两人来到了仙湖街的太平二巷。

这是一条狭窄的小巷，小巷内灯光昏暗，两旁有一些残旧不堪的平房。

此时已有两名民警到达案发现场，他们已经拉起了警戒线保护现场。此外还有一名四十来岁的女子站在警戒圈外，其中一名民警正在对她进行询问。

在警戒圈中间，有一个女子横躺在地，一动不动。

郑天威和思炫走到警戒线前方，郑天威向两名民警出示了自己的警察证："我是市局刑警支队的郑天威。现场什么情况？"

正在询问女子的民警指了指自己面前的女子："这位太太是住在太平二巷的，她刚才出来扔垃圾，发现了死者，于是立即打电话报警。"

在民警向郑天威讲述情况的同时，思炫目光一扫，快速地观察了一下警戒圈内的死者：那是一个三十来岁的女子，她的脖子上有一道明显的勒痕，最引人注目的是，她的喉咙上方竟然有一只蓝色的大蜘蛛！

"蜘蛛。"思炫冷不防说道。

"什么？"郑天威怔了一下。

思炫指了指死者。郑天威转头一看，发现了死者颈部的蜘蛛，不禁双眉一蹙："怎么会有一只蜘蛛？"

面前的场景对他来说十分熟悉。他不禁想起了数年前发生的那两起谋杀案。

他还想起了那两起谋杀案的犯罪嫌疑人。"我不是'蜘蛛杀手'！我没有杀人！""砰——"

"进去看看吧。"思炫的话打断了郑天威的思索。

"好！"郑天威回过神来，打开了勘查箱。两人取出了帽子、口罩和手套，一一戴上，还在鞋子外面套上了一个硬底鞋套，以防止自己的毛发、指纹和足印留在中心现场。

接下来，郑天威掀起了警戒带，和思炫一起走到死者面前。

郑天威蹲下身子，观察了一下死者脖子上的蜘蛛："这蜘蛛好大呀，我平时在家里看到的蜘蛛都只有黄豆般大小，要长多久才能长成这么大的呀？"

"这是捕鸟蛛，最大的捕鸟蛛足展有三十厘米。而你平时看到的是跳蛛，长多久都不会长成这么大的。"思炫解释道。

"捕鸟蛛？"郑天威搔了搔脑袋，不解地问，"这蜘蛛能抓小鸟？"

"它虽然叫捕鸟蛛，但一般是不抓小鸟的，只会以大欺小，去抓那些比它小的昆虫。"

"不会抓小鸟，叫什么捕鸟蛛呀？"郑天威有些不屑地说。

"老婆饼里也没有老婆呀，为什么叫老婆饼呢？"思炫一边说一边掏出了手机。

"你这样说也有一定道理，"郑天威点了点头，喃喃地道，"珍珠奶茶里也没有珍珠，热狗里也没有狗，夫妻肺片里也没有夫妻……"

思炫懒得回应这种无聊的话题，打开了淘宝的APP，拍照识别死者脖子上的蜘蛛。

"这只蜘蛛的学名叫蓝宝石华丽雨林，是一种树栖捕鸟蛛。像这种成体的蓝宝石华丽雨林，网上的价格基本都在一千元以上。"

"一千元？"郑天威瞪大了眼睛，"这么贵？谁会买这玩意儿呀？"

"很多人买来当宠物养的。"

"宠物？"郑天威吞了口口水，"这也太重口味了吧？"

"你不知道吗？除了蜘蛛，还有人养蝎子、蜈蚣、蛇。"

思炫一边跟郑天威交谈，一边观察着死者的死状。此时他打了个哈欠，话锋一转，说道："死者颈部有生前形成的勒颈索沟，颜面青紫肿胀严重，还有皮下出血点，肯定是被勒死的，凶器应该是绳子。此外，那只捕鸟蛛被钉在了死者的喉咙上。"

"被钉上去的吗？"郑天威倒抽了一口凉气，"跟几年前那两起案件一模一样呀。"

就在此时，从市公安局过来的侦查员和技术员到达现场。

郑天威指挥几名侦查员开始进行现场勘查，法医也开始查验尸体。

接下来，思炫和郑天威走出中心现场，来到一旁，继续讨论案情。

"几年前 L 市发生过两起谋杀案，死者的颈部也被钉上了蜘蛛，对吧？"思炫问道。

郑天威点了点头："是的，当时还成立了专案组，我也是专案组的成员。当时那个犯罪嫌疑人，还被我们称为'蜘蛛杀手'。"

思炫转头向不远处的尸体看了一眼，淡淡地道："'蜘蛛杀手'重出江湖？"

"怎么会呢？"郑天威摇头，"当时那两起案子已经侦破了呀，犯罪嫌疑人也被警方击毙了。"

他沉吟了一下，接着说："这应该是模仿犯罪吧？"

"当时那两起案子，犯罪嫌疑人为什么要在死者的喉部钉上蜘蛛？"思炫追问。

"至今没人知道犯罪嫌疑人这样做的动机，因为当时我们还没开始对他进行审讯，他就已经死了。"郑天威停顿了一下，补充道，"他就是在我面前被击毙的。"

此时一名侦查员快步走过来，向郑天威报告道："郑警官，我们在死者身上找到了死者的钱包，钱包中有死者的身份证。死者名叫陈小娟，一九八四年出生，身份证上登记的地址是永宝花园第七幢703室。"

"嗯，有找到死者的手机吗？可以联系到死者的家人吗？"

"找到了，不过手机设置了密码，打不开。"

郑天威略一斟酌，吩咐道："这样吧，你马上带上两个人，到永宝花园去走访一下死者的家属，明确死者生前的矛盾关系，锁定犯罪嫌疑人。"

"好，我马上去！"

这时候，法医对尸体的初步尸表检验也完成了，只见法医走到郑天威身前，报告道："郑警官，死者的死因是被勒毙，凶器应该是绳子，初步推断死亡时间在两个小时之内。"

郑天威抬手看了看手表，此时是晚上八点二十七分："也就是说，她是在六点半以后被杀的？"

"是的，更精确的时间要等回去进行过全面检验后才能确定。"

郑天威又问："死者喉部的蜘蛛，是死后才被钉上去的吗？"

"是的。"

"明白了，辛苦了。"

接下来，死者陈小娟的尸体被运回了法医中心，而现场的勘查工作也基本结束。

"有什么发现吗？"郑天威向一名侦查员问道。

那侦查员摇了摇头："我们只在现场提取到死者的足印和尸体发现者的足印，看来犯罪嫌疑人具备一定的反侦查意识，在犯案时穿上了鞋套。此外，中心现场内暂时也没有发现指纹、毛发等指向性证据。"

郑天威皱了皱眉："这个凶手十分谨慎呀。"接着他看了看思炫："思炫，你怎么看？"

思炫轻轻地咬了一下手指，淡淡地说："我要看一下当年'蜘蛛杀手'连环谋杀案的侦查卷宗。"

"咦？"郑天威不解，"当年的案子跟现在这宗案子有联系吗？当年的凶手已经死了呀！"

思炫向郑天威白了一眼："死无对证，你能肯定当年死的人就是凶手吗？"

"这……"郑天威有些语塞。

"现在档案管理中心的人应该已经下班了，"思炫大大地打了个哈欠，"我们明天一早过去吧。"

离开太平二巷前，郑天威最后向思炫问道："你为什么会认为这起案子跟当年的'蜘蛛杀手'连环谋杀案有关？有什么依据吗？"

思炫的回答只有两个字："直觉。"

如果是别人说自己靠直觉做出判断，郑天威一定会不以为然。可是思炫不同，郑天威清楚地知道，思炫的直觉，可是非比寻常的。

7

翌日上午，郑天威和慕容思炫来到了市公安局的档案管理中心。

郑天威让思炫在车上等候，他则独自走进了管理中心，找到了"蜘蛛杀手"连环谋杀案的侦查卷宗，并且让管理中心的工作人员帮他复印两份。

"咦，又是复印这份卷宗？"工作人员有些惊讶。

"有人来找过这份卷宗？"郑天威也怔了一下。

"对呀，你们刑警支队的韩队刚派人过来复印了几份呀，就在半个小时前。"

工作人员所提到的"韩队"，是Ｌ市公安局刑警支队的副队长韩若寻。由于支队长宇文雅姬目前正在停职中，所以刑警支队的工作，暂时由韩若寻全权负责。

郑天威拿着卷宗的复印件回到车上，一边把复印件交给思炫，一边把韩若寻派人过来复印这份卷宗的事告诉了他。

思炫点了点头："他进入刑警支队的时间比你晚，但升任比你快，还是有一定道理的。"

"你什么意思呀？"郑天威不满地说，"你是说我笨吗？"

"是。"

"啊？"郑天威没料到思炫的回答如此直截了当，一时之间也不知道要如何回应了。

思炫一心二用，在跟郑天威交谈的同时，已经翻开了卷宗复印件，快速地翻看起来。

这份卷宗极厚，卷宗里包含了"蜘蛛杀手"所犯下的两起谋杀案的接警记录、现场照片、现场草图、现场勘查记录、访问笔录、尸体检验报告等资料，十分完整。

资料显示，二〇一〇年十月八日，一个名叫杨昕的三十六岁女性遇害，死因是被勒毙，凶器是绳索，死者的喉部被钉上了一只成体的墨西哥红膝鸟蛛；五个多月后的二〇一一年三月十七日，一个名叫钟雪璇的十七岁女性遇害，死因是头部遭到钝器重击，死者的喉部被钉上了一只成体的智利火玫瑰捕鸟蛛。

在第一名死者杨昕被杀的案件发生后，警方并没有向外界公布"死者的喉部被钉上蜘蛛"这个细节，知道这件事的就只有当时侦查探组的警员。然而，数个月后被杀的钟雪璇，喉部又被钉上蜘蛛，因此警方推测，杀死钟雪璇的凶手，要么跟杀死杨昕的凶手是同一个人，要么是杨昕被杀一案的侦查探组内部的警员。

警方认为前者的可能性更大。

虽然杨昕是被勒毙的，而钟雪璇则是因为头部遭到重击而死亡的，两者死因不同，但法医在查验尸体的时候发现，钟雪璇的颈部有死后形成的勒颈索沟，也就是说，凶手在重击她的头部把她杀死后，还继续用绳子紧勒她的脖子，就勒颈这个行为来说，跟杀死杨昕的犯罪嫌疑人的作案手法十分相似。

此外，虽然在比对从杨昕颈部提取到的绳索纤维和从钟雪璇颈部提取到的绳索纤维的时候，技术员发现两者并非同一认定，但却推断两根绳索的粗细和材质都十分接近，怀疑是同一类绳索。

总之，当时警方把杨昕被杀的案子跟钟雪璇被杀的案子并案调查，并且建立了"十·八"连环谋杀案专案组，由 L 市刑警支队的支队长薛靖翔担任专案组组长。

思炫快速地浏览完卷宗后，闭上双眼，在大脑中把卷宗里提到的各种线索串联起来。他的大脑就像一台精密的仪器，只要输入各种线索，便能快速分析，把相互关联的线索串联起来，如果线索足够，还能还原出真相。

片刻以后，思炫才睁开眼睛，向郑天威问道："为什么'第二名死者钟雪璇的喉部被钉上蜘蛛'这件事没有保密？"

郑天威解释道："是这样的：当时首先发现钟雪璇尸体的是几名大学生，他们报警以后，在警察到场前，因为对尸体上的蜘蛛感到好奇，于是对着尸体拍了几张照片，并且把照片发到了网上。就这样，这件事很快就引起了网民的关注，闹得沸沸扬扬。

"网友们称这个凶手为'蜘蛛杀手'，对于凶手为什么要在死者喉部钉上蜘蛛这件事，网上的讨论铺天盖地。后来，也不知道是不是受到这些网友的影响，我们专案组内部也开始称这两起谋杀案的犯罪嫌疑人为'蜘蛛杀手’了。

“再后来，‘第一名死者杨昕的喉部也被钉上蜘蛛’这个消息也泄露了，并且不胫而走，引起了网友们的再一次疯狂讨论。”

思炫点了点头：“当时我也在微博上发表了自己的看法，只是没人理我。”

“哦？”郑天威好奇地问，“你当时是怎么说的？”

“我说，凶手之所以在死者的喉部钉上蜘蛛，应该是寓意死者的某些行为跟蜘蛛十分相似。”

郑天威微微皱眉：“蜘蛛有什么行为？织网？是说死者会织毛衣吗？”

思炫没有回答，而是说道：“说一下犯罪嫌疑人吧。”

郑天威点了点头，开始讲述当年那个被警方击毙了的“蜘蛛杀手”的事。

第二章　翻案

1

　　根据郑天威的讲述，在钟雪璇遇害的一个月后，具体时间是四月十五日，大概在晚上九点左右，白环街的一条小巷内，一名清洁工人在走向垃圾房、准备清理垃圾之时，无意中看到一个男人鬼鬼祟祟地把一个垃圾袋扔到了垃圾房里，接着快步离开。清洁工人觉得这个男人十分可疑，于是走过去找到了他所扔的垃圾袋，打开一看，只见袋子里装着三个长方形的亚克力盒子，每个盒子里都有一只活的捕鸟蛛。

　　清洁工人也有关注"蜘蛛杀手"的案子，一看到这三只蜘蛛，立即怀疑这个丢弃蜘蛛的男子就是杀死了两个人的"蜘蛛杀手"，马上打电话报警。

　　警方接到报案后，不敢怠慢，立即对此展开调查。他们查看了那个垃圾房附近的监控录像，还通过白环街以及附近的街道的监控录像对那个丢弃蜘蛛的男子展开了轨迹跟踪。

很快警方就找到了这个男子的住宅，并且查明了他的身份：赵国枝，四十七岁，已婚，有一个女儿，他的职业是出租车司机。

翌日上午，两名刑警前往赵国枝家中，准备对赵国枝进行询问。

郑天威说到这里停了下来，向慕容思炫看了一眼，轻轻地吁了口气："当时负责询问赵国枝的那两个警察，其中一个就是我。"

思炫"哦"了一声："然后呢？"

"跟我搭档的是一个名叫黄松的年轻刑警，他加入刑警支队的时间不长。我们两个来到赵国枝的住宅楼下，刚好看到赵国枝从那幢楼房里走出来。我们马上走过去，拦住了他……"郑天威讲述起当时的情况。

"请问你是赵国枝吗？"在紧临墙根的逼仄空间里，郑天威向赵国枝问道。

赵国枝看了看郑天威，神色有些慌张："你……你是谁呀？"

郑天威在他面前晃了晃自己的警察证："警察。"

赵国枝一听对方是警察，脸上陡然变色，颤声问："警察同志，有什么事吗？"

郑天威向赵国枝出示了他所丢弃的那三个蜘蛛饲养盒的照片："你认得这三个盒子吗？"

赵国枝一看到照片，脸色大变。他定了定神，猛地摇头："不认得，没见过。"

"没见过吗？昨天晚上，有人把这三个装着蜘蛛的盒子扔到了白环街的一个垃圾房里，而监控录像显示，这个丢弃蜘蛛的人就是你……"

郑天威还没说完，赵国枝忽然拔腿就跑。

"别跑!"黄松反应极快，一边叫喊一边追赶。

接着郑天威也回过神来，追了上去。

只见赵国枝跑进了一家便利店，随手抓起了收银台旁的一把剪刀，然后以极快的速度紧紧地搂着收银员的脖子，用剪刀挟持着收银员。

郑天威和黄松刚踏进便利店的大门，赵国枝便大喝道："不要过来!"

郑天威见赵国枝手上的剪刀紧紧地抵着收银员的喉咙，而收银员则吓得满额冷汗，脸色苍白，连忙伸出两手，轻轻地向下压，试图稳定赵国枝的情绪："赵先生，你冷静一些，先放下剪刀，然后咱们再慢慢聊。"

"聊什么呀?"赵国枝却十分激动，提高了嗓门叫道，"我不是'蜘蛛杀手'! 我没有杀人!"

"蜘蛛杀手"? 郑天威心中一凛。他怎么突然提起"蜘蛛杀手"来啦? 难道这个赵国枝真的跟"蜘蛛杀手"的案子有关?

"好的，我知道了，你先放下剪刀吧。"如果对方真的是已经杀死了两个人的凶徒，是那个残忍冷血的"蜘蛛杀手"，郑天威还真没信心劝他投降。

只见赵国枝咬了咬牙，喘着粗气道："你们出去! 我要打个电话，打完电话我就跟你们回去。"

"打电话？"郑天威眉关一锁，问道，"你要打给谁呀？"

"你别管！"赵国枝的语气极不友善。

在郑天威跟赵国枝进行谈判的同时，黄松四处打量，早就发现在收银台附近有一扇后门了。此时黄松猜想，赵国枝说打电话只是借口，他的真正目的是在黄松和郑天威走出便利店后，通过后门逃跑。

"这样吧，你先放下剪刀，然后再打电话，我们等你打完电话再慢慢跟你聊……"郑天威希望尽快解除赵国枝对收银员的威胁，毕竟现在赵国枝情绪激动，随时可能发难，收银员的处境十分危险。

"不！"赵国枝打断了郑天威的话，红着眼睛吼道，"你们出去！快！关上门！"

此时黄松对于自己的判断再无怀疑，在郑天威耳边低声道："老郑，他想从后门逃跑。"

郑天威点了点头，轻声吩咐："你到后门拦截他，我再拖延一下时间。"

于是，黄松退到了便利店外。

"你也出去！"赵国枝对郑天威喝道。郑天威觉得他现在的情绪便如弦上之箭，随时都会爆发。

"好，你别激动。"郑天威一步一步地往后退，但双眼始终紧紧地盯着赵国枝。

在郑天威退到便利店外之后，赵国枝又大声道："关上门！"

郑天威只好关上了便利店的大门，隔着玻璃继续监视着赵国枝的一举一动。

此时，黄松来到了便利店的后门外。他拔出了手枪，打算在赵国枝放开收银员跑出便利店后，便鸣枪示警，阻止他逃跑。

　　这时候，只见赵国枝放开了收银员，并且命令她蹲在地上，不要乱动。然而那收银员好不容易才摆脱了赵国枝的挟持，哪里还肯留在这个危险的地方？只见她一个箭步，跑向便利店的后门。

　　赵国枝也知道这个收银员一旦离开，自己手上便没有了筹码，只能束手待擒，情急之下，他大喝一声，拿着剪刀刺向收银员。

　　眼见剪刀离收银员的后脑只有几厘米，千钧一发！此时黄松当机立断，扣动扳机，对着赵国枝开了一枪。

　　"砰"的一声，子弹疾驰而出，不偏不倚，正中赵国枝眉心。

　　赵国枝中枪倒地，就此毙命。

　　郑天威"哎呀"一声，打开了便利店的门，快步走进便利店，来到赵国枝身前。只见赵国枝横躺在地，纹丝不动，脸上的表情永远停留在愤怒、焦急和恐惧这三者的交集之中。

2

　　"后来，薛队根据我和黄松的讲述，认为这个赵国枝是'蜘蛛杀手'的可能性很大。他认为赵国枝之所以逃跑、挟持人质，就是因为他知道自己杀害两人的罪行已经败露了。薛队推测，赵国枝在杀死第一名受害者杨昕以后，销声匿迹，侥幸躲过了警方的追查，所以半年后便蠢蠢欲动，再次犯案，杀死了钟雪璇。

"然而这一次，由于钟雪璇的尸体照片被发到网上，这起案件受到了广大网友的关注，警方面对舆论压力，启动了重案应急机制，大大增加了调查的警力。赵国枝害怕了，于是把自己在家里所养的、准备在之后再杀人时用到的三只蜘蛛偷偷扔到垃圾房中，却没想到警察这么快就找上门来，只好逃跑。就这样，'蜘蛛杀手'连环谋杀案宣告破案。"

郑天威说到这里，轻轻地吁了口气，补充道："黄松击毙了赵国枝后，心理好像出现了一些问题，拒绝参加射击训练。后来经过专家确诊，他是患上了创伤后压力心理障碍症。虽然经过治疗，病情有所好转，但不久之后，他还是辞职了。

"唉，其实这事真的不能怪黄松。当时我们所遇到的可是已经杀死了两个人的'蜘蛛杀手'，黄松经验不足，自然精神紧张，而且赵国枝又准备伤害那个收银员，在这种情况下，如果换了我，我想我也会开枪的。"

思炫听完完郑天威的讲述，只是说了两个字："牵强。"

"什么？"郑天威没有听清思炫在说什么。

思炫却不再重复，问道："当时，赵国枝说要打一个电话，打完就跟你们回去，你认为他要打给谁呢？"

郑天威摇了摇头："我认为他根本不是要打电话，只是为了把我和黄松引出便利店，方便他从后门逃跑。"

"是吗?"思炫漫不经心地道,"在你和黄松都离开便利店后,赵国枝曾命令那收银员蹲在地上,不要动,不要离开。如果那收银员没有逃跑,你猜赵国枝接下来会干什么?"

郑天威微作凝思,满以为理所当然地道:"应该是要从后门逃跑吧?"

"那他放开收银员直接走出后门就是了,为什么要命令收银员蹲下呢?"思炫反问。

"这……我怎么知道?"

"如此显而易见的事情,你也想不到吗?"思炫满脸不屑。

郑天威"哼"了一声:"那你直说呗,卖什么关子呀?"

思炫微微地吸了口气:"因为他要打电话呀。"

"咦?"

"当时他一只手拿着剪刀,另一只手搂着收银员的脖子,自然就无法把手机掏出来了。所以,他要先放开收银员,才能掏出手机打电话。但他又怕收银员一旦逃跑,你们就会闯进便利店把他抓住,所以便命令收银员蹲下,不要乱动。"思炫一口气分析道。

"这么说,他还真要打电话呀?他要打给谁呢?"

郑天威话音刚落,他的手机忽然响起。他拿起手机一看,是刑警支队的副队长韩若寻打过来的。

郑天威马上接通了电话:"韩队!"

"老郑,你在哪呀?"手机中传来韩若寻的声音。

"我和思炫在档案管理中心。"韩若寻跟慕容思炫也是认识的,两人曾合作侦破过一些案子。

"哦?是在翻看'蜘蛛杀手'的案件卷宗吗?"韩若寻已经猜到了。

"是的。"

"你现在回刑警支队来吧,叫上慕容。"

郑天威"咦"了一声:"韩队,是有什么要紧事吗?"

"嗯,"韩若寻停顿了一下,一字一字地道,"我打算翻查'蜘蛛杀手'的案件。"

3

不一会儿,郑天威和慕容思炫来到了一间会议室。片刻以后,陈小娟被杀一案的案情分析会将在这里进行。此时会议室内,有数名侦查员正在整理调查访问所获取的情报。

郑天威四处张望,只见会议室内除了这些正在整理情报的侦查员外,还有十多名刑警,大部分都是当年"蜘蛛杀手"专案组的组员。

郑天威和思炫随便找了个位置坐了下来。郑天威向身旁一个五十来岁、个子不高的刑警问道:"老张,韩队呢?"

这名刑警叫张磊,跟郑天威一样,是当年杨昕被杀案的侦查探组的警员之一,后来"蜘蛛杀手"连环谋杀案的专案组建立,他也是专案组的其中一名组员。

"还没到。"张磊淡淡地答道。

"韩队说要翻查'蜘蛛杀手'的案件，你怎么看呀？"郑天威问。

"翻查'蜘蛛杀手'的案件？"此前张磊似乎并不知道这件事，此时皱了皱眉。

"对呀，你没发现现在会议室内的人，大部分是当年'蜘蛛杀手'专案组的组员吗？"郑天威为自己观察得如此细致入微而有些自豪。

张磊神色疑惑："赵国枝不是被击毙了吗？还要查什么呀？"

"或许韩队认为赵国枝不是凶手吧。"郑天威在说这句话的时候，神色有些沉重。

"是吗？"张磊冷冷地道，"如果真的是这样，那薛队可就惨了。"

如果赵国枝并非"蜘蛛杀手"，错案责任追究程序就会启动，当时专案组的组长薛靖翔虽然现在已经退休了，但也会被责令配合调查。至于击毙了赵国枝的黄松，虽然辞职了，但也无法幸免。

此时没等郑天威答话，张磊已满脸鄙夷地接着道："韩队之所以能升为副队长，当时也是薛队提拔的吧，他现在却来'恩将仇报'？"

"话不能这么说呀，老张。"郑天威正色道，"如果真的是错案，也就是说当年杀死杨昕和钟雪璇的'蜘蛛杀手'还逍遥法外，那昨天遇害的陈小娟，很有可能就是被他杀死的！我们不能因为害怕被追责，害怕接受纪律处分，就不去追查真相，不去抓捕真正的'蜘蛛杀手'吧？"

张磊轻轻地"哼"了一声，不再答话。他本来就是个沉默寡言的人，平时跟同事们很少交流，此时跟郑天威话不投机，自然便终止了和他的交谈。

郑天威觉得没趣，嘟哝了两句，看了看思炫，却见他正在自个儿玩着华容道，似乎对自己刚才和张磊的谈话充耳不闻。

"这个好玩吗？"郑天威把脑袋凑过来。

"不好玩。"思炫头也不抬。

"那你还玩？"

"无聊。"

"待会儿开会的时候你可别玩呀。"

"为什么？"

"因为这样不尊重人呀。"

思炫微微抬头向郑天威瞥了一眼："玩华容道不尊重人？"

他一边说一边像变魔术一样快速掏出了一个七阶魔方："那我待会儿玩这个吧。"

"喂！重点不是玩什么呀！"

就在此时，一名三十来岁的男子走进会议室。这男子瓜子脸，鹰钩鼻，面容清癯，身材瘦长，正是 L 市公安局刑警支队的副队长韩若寻。

只见韩若寻快速地向会议室内的众人扫了一眼，朗声道："好了，不等了，大家坐下吧，现在开始开会。"

众人坐下后，韩若寻向一名侦查员吩咐道："小刘，你先汇报一下昨晚在太平二巷发生的那起谋杀案的情况吧。"

侦查员小刘点了点头，汇报道："昨天晚上，在本市仙湖街太平二巷，一位居民发现了一名女性死者，立即打电话报警。我们接到报案后，马上前往现场进行勘查工作。根据调查，死者名叫陈小娟，三十二岁。陈小娟的死亡原因是被绳子勒毙，经过法医的全面检验，确定死亡时间是昨天晚上六点半到七点半之间。"

会议室内的刑警们认真地聆听着小刘的汇报，不少刑警还拿出了笔记本做笔记——郑天威就是其中一个。然而坐在郑天威旁边的思炫，却还在快速地移动着华容道中的棋子，玩得不亦乐乎。

郑天威用手肘撞了思炫一下，轻轻地咳嗽了两声。思炫有些不情愿地收起了华容道，接着却又掏出了那个七阶魔方。

与此同时，小刘还在汇报："根据现场勘查来看，尸体的发现地点就是原始现场。我们推测犯罪嫌疑人尾随死者进入太平二巷，随后从死者身后偷袭死者，用绳子快速勒住死者的颈部，把死者勒毙。现场并没有留下毛发、指纹、足印等线索，而太平二巷内以及周围的小路，也没有安装监控摄像头，所以我们暂时无法通过现场的勘查结果锁定犯罪嫌疑人。"

"看来是早有预谋的呀。"郑天威喃喃自语。

思炫一边玩着魔方一边吐槽："根据统计，每个人每天所说的话，有百分之七十是废话。"

郑天威向他瞪了一眼："你这句就是废话。"

"辛苦了。"同一时间，韩若寻向小刘点了点头，接着又向访问组的另一名侦查员问道，"老傅，你们今天早上实地走访过陈小娟的人际关系了，对吧？"

"是的。"老傅答道。

"汇报一下走访结果。"

老傅打开了关于陈小娟社会关系的走访记录，汇报道："根据调查，陈小娟未婚，父亲已经去世，目前她跟母亲两个人同住。两年前，陈小娟承包了一个五金仓库，雇用了十多名员工，平时自己亲自经营管理仓库。

"我们对陈小娟生前的熟人和亲戚全部进行过仔细调查，基本都排除了作案可能。我们也询问了仓库内的几名员工，他们说陈小娟虽然有时候脾气有些暴躁，但对员工很好，很少跟别人发生冲突。"

韩若寻"嗯"了一声："也就是说，通过死者的社会关系也暂时无法锁定犯罪嫌疑人，对吧？"

老傅颔首："是的。"

案发现场没有留下任何线索，关于死者人际关系的调查也没有发现，案件的侦查似乎陷入了僵局。

此时韩若寻清了清嗓子，朗声说道："事实上，还有一条重要线索——死者陈小娟的喉部被钉上了一只蓝宝石华丽雨林捕鸟蛛！"

此言一出，会议室内不少刑警都议论纷纷。

韩若寻接着说："在座各位基本上都是当年'蜘蛛杀手'连环谋杀案的专案组成员，自然知道蜘蛛被钉在尸体上意味着什么。我刚才详细研究过'蜘蛛杀手'一案的侦查卷宗，发现当时的侦查存在不少疑点。简单地说，当时杀死两名女性的'蜘蛛杀手'或许并非赵国枝，真正的'蜘蛛杀手'一直逍遥法外。昨天晚上，'蜘蛛杀手'又犯下了第三起谋杀案，杀死了陈小娟。"

他说到这里，众人的讨论更加激烈了，大家交头接耳，会议室内颇为嘈杂。

郑天威的心情也有些沉重，如果真的是错案，自己也会成为被追责的人员之一。他也想跟别人讨论两句，缓解一下情绪，可是坐在自己左边的是似乎不愿跟自己说话的张磊，而坐在自己右边的则是正在玩着魔方的思炫。

"好了，大家先安静一下！"韩若寻深深地吸了口气，昂首道，"我已经决定了，重建专案组，翻查'蜘蛛杀手'连环谋杀案，并且把陈小娟被杀一案，跟当年的两起案件并案调查。"

稍微安静下来的众人听到韩若寻的这句话，再次议论纷纷，当时专案组的一些成员，或眼神闪烁，或脸色微变，或满脸惴惴不安的表情。

如果真如韩若寻所说，当年杀死杨昕和钟雪璇的"蜘蛛杀手"并非赵国枝，他现在翻查此案，虽然可以把真正的"蜘蛛杀手"逮捕归案，为两名死者申冤，也为赵国枝平反，可是与此同时，当时专案组的成员也会被追究错案责任，受到处分，解职甚至入狱，连已经退休的专案组组长薛靖翔和已经辞职的警员黄松也无法幸免。

"韩队！"此时张磊站了起来。

霎时间，会议室内所有人的目光不约而同地聚集到张磊身上。

郑天威也斜眼看了一下张磊。经过开会前的一番交谈，郑天威知道张磊对于韩若寻想要翻案的决定是持反对态度的。可是，他现在要在会议中当场提出反对意见吗？

"老张，什么事？"韩若寻问道。

"我想请问一下，为什么要把陈小娟被杀一案，跟当年杨昕和钟雪璇被杀的案子并案调查呢？有什么证据表明陈小娟之死跟当年的'蜘蛛杀手'有关呢？毕竟'钟雪璇的喉部被钉上蜘蛛'这件事街知巷闻，所以我认为陈小娟被杀一案，跟当年的两起案件没有关系，只是单纯的模仿作案！"

事实上，此时会议室内的不少刑警，都不太赞成韩若寻翻查"蜘蛛杀手"的案件，毕竟如果真的证明了此为错案，那么当年专案组的每一个成员都会被问责，现在，他们又认为张磊的质疑和推测有理有据，不禁连连点头。

韩若寻还没答话，只见一个人走进会议室，朗声说道："是我提议韩队并案调查的！"

4

众人朝会议室门口望去，只见走进来的是一个不到三十岁的男子，眉清目秀，长身玉立，一副神采飞扬的模样。

会议室内部分刑警认得这个男子。他叫林启信，是一名犯罪心理学专家，同时也是一名侧写师，每当警方侦查的案件陷入僵局时，就会请求他协助调查。他可以根据罪犯的行为方式推断出罪犯的心理状态，从而分析出罪犯的性格、生活环境、职业、成长背景等资料，以便警方缩小搜捕范围，及时制止犯罪行为的延续。

当年杨昕被杀一案，林启信跟郑天威及张磊一样，也是侦查探组的成员之一。

此时韩若寻见林启信来了，微微一笑："启信，进来吧。"

接着他对会议室内众人介绍道："各位，这位林启信先生是一名侧写师，他曾数次到美国 FBI 下属的行为分析部进行交流和深造，对于犯罪侧写有着深入的研究。这次我是专门请他过来协助我们侦查陈小娟的案子的。"

事实上，侧写师这个职业目前在国内并不普及，而且我国法律并不承认逻辑证据，也就是说，侧写师通过侧写所推断出来的犯罪嫌疑人的特征和习惯，只能作为抓捕建议，不能成为证据。另一方面，大部分刑警都坚持自己所熟悉的侦查方法才是正确的，对于侧写师的这种不去实地走访调查、只根据警方和法医提供的资料就找出犯罪嫌疑人的方式抱怀疑态度。

所以，此时会议室内的刑警们望着林启信的目光各不相同，有的好奇，有的怀疑，有的不屑，有的嘲讽。

当然，也有一些人的目光中包含着欣赏和期待，因为他们曾根据林启信的侧写抓到罪犯，知道林启信确实是有实力的。

只见林启信走到韩若寻身旁，向众人点了点头："各位同僚好，我是林启信。好了，废话我就不多说了。以下是我根据陈小娟被杀案的现场勘查记录和法医的分析报告，所分析出来的关于犯罪嫌疑人的一些特征，希望对于各位的侦查有所帮助吧。"

无论是对林启信抱怀疑态度的刑警，还是对林启信的侧写抱有期待的刑警，此刻都不谋而合地把目光聚集到林启信身上，只有思炫一个人虽然收起了魔方，但又拿出了一副独立钻石，玩得兴高采烈。

林启信清了清嗓子，开始讲述自己的侧写结果：

"首先我来分析一下犯罪嫌疑人的性别和身高：根据我的侧写，本案的犯罪嫌疑人只有一个，且是男性的可能性偏大，因为死者的身高为一米六九，根据勒痕的位置可以推测犯罪嫌疑人的身高比死者高出十三厘米左右，即一米八二，正负误差两厘米，而身高在一米八以上的女性比例不大。此外，死者的勒沟较深，表皮剥脱严重，且死者的抵抗伤并不明显，可见犯罪嫌疑人的力气较大，这些迹象都表明犯罪嫌疑人是男性的可能性较大。也就是说，我们要抓捕的目标，是一个二十岁到三十五岁之间，身高在一米八二左右，体格健壮的男性。"

林启信的分析有理有据，不少刑警听完以后，慢慢地收起了不屑和嘲讽的表情，还有的刑警把林启信的分析记录到自己的笔记本上。

"接下来分析一下犯罪嫌疑人的技能水平：本案的犯罪嫌疑人的反侦查行为十分明显，现场没有留下毛发、指纹、足印等物证，可见这是有预谋的行为，且犯罪嫌疑人的谋杀水平比较高，经验也十分丰富。我认为，犯罪嫌疑人是惯犯，在此之前，曾犯下一起以上的谋杀案。

"最后我再分析一下犯罪嫌疑人与被害人陈小娟的熟悉程度：从犯罪事实和现场环境来看，犯罪嫌疑人不需要对被害人十分熟识。但犯罪嫌疑人在被害人的颈部钉上蜘蛛，这有可能是一种报复行为，所以并不排除双方熟悉的可能性，至少犯罪嫌疑人对被害人是比较了解的。"

听完林启信的分析，不少刑警不知不觉地微微点头。这个林启信没有到现场勘查过，没有走访过死者的人际关系，甚至没有见过尸体，只是根据警方提供的资料，以心理学为基础进行侦查分析，便能得出这些听上去还比较靠谱的结论，看来犯罪侧写这种侦查方法的存在还是有一定道理的。

韩若寻笑了笑，不失时机地说道："启信，六年前杨昕被杀的案子，当时你也根据警方提供的资料，对犯罪嫌疑人进行过心理分析，对吧？"

林启信点了点头："是的。刚才在进入这个会议室之前，我把六年前对杨昕被杀案的犯罪嫌疑人侧写分析报告，跟我今天早上所做的陈小娟被杀一案的犯罪嫌疑人的分析报告进行过比对，结果发现在这两份报告中对于犯罪嫌疑人的侧写十分接近。换句话说，六年前杀死杨昕的凶手，跟昨晚杀死陈小娟的凶手，极有可能是同一个人！"

此言一出，众人哗然。

韩若寻接着朗声道："各位同僚，你们都十分清楚，当年被我们认为是'蜘蛛杀手'的赵国枝已经死了，他不可能在昨天晚上再去杀死陈小娟。如果杀死陈小娟的凶手跟当年杀死杨昕的凶手真的是同一个人，那么，杀死杨昕和钟雪璇的'蜘蛛杀手'，就根本不是赵国枝了，而是另有其人。正因为如此，所以我才决定重建专案组，翻查'蜘蛛杀手'的案件。好了，现在大家还有什么问题吗？"

副队长都这样说了，众人自然不再提出异议。

郑天威偷瞄了张磊一眼，只见他的脸色难看之极。

韩若寻吸了口气，补充道："由于当时专案组的组长薛队已经退休了，所以这次重建专案组，由我来担任组长。在'蜘蛛杀手'一案的侦查过程中，大家遇到任何问题，都可以直接跟我联系。"

他接着看了看林启信："启信，对于我们接下来的侦查工作，你能提出一些侦查建议吗？"

林启信微微地点了点头，有条不紊地说道："我有四条建议：第一，深入调查被害人陈小娟的人际关系，对陈小娟生前的熟人和亲戚再次进行仔细调查，不要忽略盲点，逐一排除作案可能；第二，仔细调查被害人住宅内的物品，特别是被害人卧房中的私人物品，以便发现犯罪嫌疑人的线索，并且得到更深入的被害人信息；第三，复查在被害人的住宅附近、被害人所经营的仓库附近、被害人遇害当天经过的路线以及犯罪现场附近的走访记录，从中寻找犯罪嫌疑人的线索；第四，排查最近在网上购买过成体蓝宝石华丽雨林捕鸟蛛的买家，如果发现可疑对象，再展开进一步调查。"

接下来，韩若寻向专案组的成员们指派具体任务，随后此次的案情分析会便告一段落了。

5

韩若寻并没有向郑天威指派任务，这让郑天威心中稍感疑惑。

此时众人正在陆陆续续地离开会议室，而韩若寻则还在跟林启信交谈。郑天威走过去，说道："不好意思，打断一下。"

"怎么啦，老郑？"韩若寻问。

"韩队，你忘了给我指派任务了。"

韩若寻笑了笑："我没忘，只是我有一项特殊任务要交给你，你现在和启信一起到我办公室来一下吧。"

"特殊任务？"郑天威心中暗喜，"看来韩队也十分认可我的办案能力呀。"

他还在沾沾自喜，又听韩若寻对不远处的慕容思炫叫了一声："慕容！"

思炫抬头向韩若寻瞥了一眼："干吗？"

"你也到我的办公室来一下吧，我有些事情要跟你商量。"

"哦。"

就这样，林启信、郑天威和思炫三人跟着韩若寻来到了他的办公室。

"是这样的，"众人坐下后，韩若寻看了看思炫，一脸诚恳地道，"慕容，我想邀请你加入专案组，协助我们侦查'蜘蛛杀手'这起案子。"

思炫还没回答，却听林启信冷笑一声："韩队，我觉得侦查这种事，还是交给专业人员去做比较靠谱呀。"

郑天威听他这样说，气愤地道："你什么意思呀？"

"没听明白吗？我的意思就是你的这个朋友不够专业呀。"

林启信一边说一边看了看思炫，一脸不屑地继续说道："慕容思炫，我听说过你的事迹，不就是运气好，碰巧破了几起案子嘛。但我跟你说，运气是不会一直跟着你的。如果有一天你的运气用完了，你凭什么去破案呢？你学过《心理学》吗？你学过《犯罪学》吗？你有研究过各种案例吗？简单地说，我分析犯人，靠的是知识和经验，而你呢？说好听一些就是推理，说难听一些就是瞎猜！"

郑天威咬了咬牙，铁青着脸道："喂！你这样说太过分了吧？"

思炫打了个哈欠，瞧也没瞧林启信一眼，只是斜眼看了看韩若寻，淡淡地问："破案了有什么奖励？"

"你想要什么奖励？"韩若寻笑问。

"日本悠哈水果糖十包，英贝克压片糖十二盒，俄罗斯紫皮糖两斤，德国嘉云水果糖八盒，哈瑞宝金熊糖三十包。"思炫如数家珍地说道。

"这当中不会有什么天价糖吧？"韩若寻谨慎地问。

"都是几十块可以解决的。"

韩若寻点了点头："好，我答应你。"

"哦。"本来蹲在椅子上的思炫突然一跃而起，跳到地板上，接着又转头对郑天威道，"走吧。"

"等一下！"郑天威看了看韩若寻，"韩队还没给我指派任务呢。"

韩若寻笑了笑："老郑，你的任务就是协助慕容调查。"思炫虽然是市公安局外聘的刑侦专家，但毕竟不是刑警支队的正式警察，在他调查的过程中，如果有郑天威从旁协助，自然方便很多。

"明白！喂，思炫，等等我！"

思炫没有理会郑天威，转过身子，径自走出了韩若寻的办公室。

自始至终，他都没有正眼看过林启信。

第三章　动机

1

　　离开韩若寻的办公室后，郑天威气呼呼地道："这个林启信真是太气人了！以为自己去过美国深造就了不起吗？我跟你说，当年在调查杨昕的案子时，我就看他不顺眼了！"

　　"是吗？说说当时的情况吧。"慕容思炫半眯着眼睛问道。

　　"当时的情况吗？我想想该从哪儿说起……对了，当时他一来到我们的侦查探组，第一句话就说：'我看过你们的调查记录，很遗憾，我认为你们的调查方向是完全错误的！'哼！他是老几呀？敢在我们这些前辈面前说这样的话……"

　　思炫打断了郑天威的话："关于他的态度那部分你可以省略，直接说重点。"

　　"为什么要省略最重要的部分呀？"

"因为你今天说的废话已经够多了。"

"哼!"郑天威虽然有些不满,但还是向思炫讲述了当时的情况。

二〇一〇年十月八日,杨昕遇害,案发现场没有留下任何线索,而且经过调查,杨昕生前的熟人和亲戚全部排除了作案可能,案件的调查一时之间陷入了僵局。于是,支队长薛靖翔找到了侧写师林启信,邀请他加入杨昕被杀案的侦查探组。

这个林启信于一年前被派遣到美国 FBI 下属的行为分析部进行交流和深造,数个月前才学成归来,还没正式参与过案件的侦查。薛靖翔请求他协助,是一个十分大胆的决定。

当时林启信才二十三岁,年轻气盛,不可一世,进入侦查探组后,大刀阔斧地否决了大部分探员的调查方向,随后对杀害杨昕的犯人进行侧写,并且向侦查探组的警员给出了不少侦查建议。遗憾的是,林启信虽然为警员们缩小了搜捕范围,但最终警方还是没能把犯人抓捕归案。

思炫听完郑天威的讲述,大大地打了个哈欠,接着看着郑天威,嘴唇微张。郑天威以为他要发表什么重要观点,屏住呼吸,认真聆听,没想到思炫却只说了两个字:"好困。"

"呃?"郑天威怔了一下,"你昨晚没睡好吗?"

"凌晨四点才睡。"

"为什么呀?在思考'蜘蛛杀手'的案子?"

"在下棋。"

郑天威啼笑皆非："又是左手跟右手下棋吧？"他知道思炫经常自己跟自己下棋。

"不是，这次我下的是飞行棋，而且是红黄蓝绿四方对战。"

"都这么晚了，谁陪你玩呀？夏寻语？"夏寻语是跟思炫住在同一间出租屋的一个女生。

"不是，是我的左手、右手……"

"还有呢？"

"左脚、右脚。"

"……"

"最后左脚赢了。"

"行了，我没兴趣知道你自己跟自己下棋的细节。"郑天威快速地吸了口气，"接下来我们要干什么呀？"

思炫抓了抓自己那杂乱不堪的头发，一脸木然地道："去陈小娟的那个五金仓库看看吧。"

"要去看什么呀？"

思炫只回答了两个字："动机。"

2

两人来到陈小娟生前所经营的那个五金仓库，走了进去。一个三十来岁的男子立即走过来，警惕地问："你们找谁呀？"

郑天威掏出警察证，在他面前晃了晃："警察。"

男子"哦"了一声，态度好转："请问有什么事呢？"

"你贵姓？"

"我姓卢。"

"卢先生，你好。陈小娟遇害的事，你知道吧？"

卢先生点了点头："知道。"

"我们这次来，就是想了解一下陈小娟生前的事。"

郑天威一边说，一边四处打量。只见此时仓库内除了这个卢先生，就只有一个没穿上衣的男子躺在一排货架旁的一张沙滩椅上睡觉。

"今天早上已经有几位警官过来了解过了。"卢先生轻轻地皱了皱眉。

"是的，我知道，现在我们是要进一步了解。"

"好吧，你们要知道什么？"

"你跟陈小娟是什么关系呢？"

"她是我老板。"

"她平时跟员工的关系怎样？"

"挺好的，娟姐平时很关心我们，当然，如果有人在工作中出了差错，她也会骂人，但一般骂完就没事了。"

"她最近在生意上有得罪过什么人吗？"

卢先生摇了摇头："没有呀，我们只是做五金的，能得罪什么人呀？"

"那最近有没有人到你们这儿来闹事呢？"

"也没有呀。"

郑天威正询问着卢先生，思炫冷不防问道："厕所在哪里？"

卢先生怔了一下，接着指了指位于角落的一个门口：

"从这里进去就看到了。"

"哦。"思炫走向洗手间。

接下来，郑天威又向卢先生问了几个问题，但没什么收获。刚好此时，思炫从通向洗手间的那个门口走出来了。

"思炫，你有什么要问的吗？"郑天威问。

思炫伸了个懒腰，向卢先生问道："仓库里的员工呢？"

卢先生微微一呆："这个……都出去了。"

"哦。"思炫说罢，径自走向仓库的大门，似乎想要离开了。

郑天威连忙对卢先生说："卢先生，那我们先走了，谢谢你的合作。"

"不客气。"卢先生笑了笑，"两位警官，慢走。"

此时思炫已经走出了仓库，郑天威追了出去，气呼呼地道："喂，你每次离开之前，能不能先跟我说一声呀？"

思炫头也不回："你不会自己看吗？而且我走路的速度也不快，你完全可以跟上来呀。"

"不是能不能跟上来的问题，而是礼貌问题……算了。你刚才在厕所发现了什么呀？"

思炫这才停下脚步，回头看了看郑天威："你怎么知道我到厕所是找线索？"

郑天威嘿嘿一笑："难道我们专门来到这里，就只是向陈小娟的员工问几个无聊问题吗？"

"有进步。"

"好了，快说吧。"

"我一进去就留意到这个仓库内所有货架上的五金零

件，都是布满灰尘的，似乎很久没有动过。"

郑天威"咦"了一声："也就是说，这些五金零件只是幌子，这个仓库实际上并非五金仓库？"

"是。"

"那这个仓库实际上是干什么的呢？"郑天威在脑海中展开了各种想象。

"在厕所旁边有一个上了锁的杂物房，我用铁丝打开了门锁，进去看过，发现房内放着一些婴儿奶粉和奶瓶，此外还有一些纸尿裤。"

郑天威微微一怔："什么意思？你不会想说这里是早教班吧？"

"还不明白吗？这个仓库实际上是一个拐卖儿童的窝点。"

"啊？"郑天威大吃一惊。

"不过杂物房内的奶粉和纸尿裤的数量不多，所以我猜测那些被拐回来的儿童在仓库内停留的时间不会太长，应该在当天就会被运走。"

郑天威回过神来："你早就知道陈小娟的仓库里大有蹊跷？"

"是。"

"为什么？"

思炫解释道："根据侦查员的调查，陈小娟所承包的这个五金仓库面积只有几百平方米，但她却雇用了十多名员工，我认为两者不成比例，所以猜测仓库内暗藏玄机，但不确定。进入仓库看到那些布满灰尘的五金零件后，便验证了这个猜想。后来我在杂物房内发现了奶粉和纸尿裤，就明确了这个仓库的用途了。"

"难怪现在仓库内只有两名员工，在今天上午我们同事的走访结束后，这群人贩子害怕我们迟早会查到这里是拐卖儿童的窝点，做贼心虚，纷纷逃跑了。"郑天威咬了咬牙，"待会儿回到局里后，我马上向打拐办那边通报案情，绝不能放过这些人贩子！"

思炫点了点头："陈小娟作为这个'五金仓库'的经营者，自然跟这件事脱不了干系，她应该就是这个拐卖儿童窝点的头目。"

"如果真的是这样，那还真是死得好呀。"郑天威冷笑道。

"现在你明白了吧？"

郑天威愣了一下："明白什么？"

"为什么在陈小娟的亲戚和熟人中，不存在具备作案动机的犯罪嫌疑人？因为杀死她的凶手，是一个她所不认识的人。这个凶手的杀人动机，就是地下执法，对陈小娟这个人贩子进行制裁。"

郑天威还没反应过来，思炫接着问："当年赵国枝杀害杨昕和钟雪璇的动机，你们一直没有查到吧？"

郑天威摇了摇头："赵国枝都死了，死无对证，没人知道他为什么要杀人，也没人知道他为什么要在死者的脖子上钉上蜘蛛。不过当时薛队说，历史上有很多连环杀手，他们的杀人动机都是不明确的，杀人时的行为也是无法解释的。"

思炫懒得反驳这个薛队的谬论，直接说："如果杀死陈小娟的凶手，就是当年杀死杨昕和钟雪璇的'蜘蛛杀手'，那么杨昕和钟雪璇应该也做过某些坏事，所以才会遭到凶手制裁。"

郑天威轻轻地吁了口气，表情有些复杂："赵国枝这起案子是错案的可能性越来越大了，对吧？"

思炫拍了拍郑天威："不用担心。"

"啥？"

"如果你因为被追责而坐牢，我会不定期去探望你的。"思炫一脸木然地道。

郑天威啼笑皆非："去你的！"

3

两人回到公安局的时候，已经接近中午了。郑天威立即来到韩若寻的办公室，向韩若寻汇报了他跟慕容思炫在陈小娟的仓库的发现。韩若寻马上向打拐专项行动办公室做了案情通报，请求打拐办的警员对陈小娟的仓库及仓库内的员工进行全面调查。

接着韩若寻又向郑天威和思炫问道："对了，我中午约了启信一起吃饭，和他讨论一下案情，现在就过去了，你们要一起去吗？"

"不去！"郑天威想起林启信那不可一世的样子就生气了，"跟他一起吃饭，我怕吃不下！"

思炫则问道："去哪里吃？"

"就是这儿附近的那家爱琴海西餐厅。"

"哦?"思炫沉吟了一下，又问，"是 AA 制吗?"

韩若寻笑着答道："我请客。"

"好，一起去。"

"行，那你们在这儿等我一会儿，我上个洗手间，然后和你们一起过去。"

韩若寻离开办公室后，郑天威不解地问："为什么要去跟那个姓林的一起吃饭呀?"

没等思炫答话，他又自作聪明地道："我知道啦！我们刚才发现了陈小娟的那个五金仓库的秘密，这样一来，或许便找到了犯罪嫌疑人的杀人动机，对于案件的调查有极大帮助，所以你要去给林启信那小子来个下马威，让他知道你的分析能力比他强多了，对吧?"

思炫摇了摇头："因为爱琴海的雪糕很好吃，但很贵。"

郑天威哭笑不得："慕容思炫，你能不能有点志气呀？为了免费吃个雪糕而去跟那个姓林的吃饭？别去了！你要吃那里的雪糕，我下次请你吃！"

"哦。"思炫看了看郑天威，"四十八元一个，我估计我能吃十三个左右。"

"呃?"郑天威在心中粗略一算，接着道，"算了，咱们还是跟韩队一起去吃饭吧，顺便讨论一下案情。"

4

不一会儿，韩若寻、郑天威和思炫三人来到公安局附近的爱琴海西餐厅，只见林启信坐在一个窗边位置。

三人走到林启信身前，韩若寻笑问："启信，我叫上了他俩一起过来吃饭，你不介意吧?"

林启信也笑了笑："不介意。韩队，这顿饭由我请客吧，可以请咱们公安局外聘的刑侦专家吃饭，可是一种荣幸呀。"

郑天威听他话里带刺，皱了皱眉。思炫则若无其事，望着窗外怔怔出神。

林启信把餐牌递给了思炫："慕容老师，要吃什么随便点，不用客气。"

思炫"哦"了一声，也没接林启信递过来的餐牌，直接叫来了服务员："杂果雪糕七个，绿茶雪糕六个。"

服务员还以为自己听错了："杂果雪糕……七个?"

思炫重复了一遍："对，杂果雪糕七个，绿茶雪糕六个。"

"餐后上吗?"

"现在上。"

"好吧。"服务员一脸不可思议的表情。

郑天威听到林启信说请客，也故意点了一份餐牌中最贵的牛排。

在林启信准备点餐的时候，他的手机忽然响起。

"怎么啦?"林启信看了一下来电显示，便接通了电话，"我跟几位同事在爱琴海吃饭，你要一起过来吗? 没事，你过来吧，我先帮你点餐吧。"

挂掉电话后，他笑着对众人道："我女友也过来吃饭，你们不介意吧?"

韩若寻开玩笑地说:"反正是你请客,我们当然不介意呀。"

接下来,在等待上菜的过程中,韩若寻向思炫问道:"对了,慕容,你看完'蜘蛛杀手'的侦查卷宗后,有什么想法吗?"

正在低头摆弄着桌上的调味瓶的思炫抬头看了看韩若寻,用几乎没有起伏的语调问道:"你认为,赵国枝杀害杨昕和钟雪璇的动机是什么?"

"根据当时对杨昕和钟雪璇的社会关系的走访记录,可知赵国枝跟杨昕和钟雪璇在生活上没有任何交集,所以当时警方推测赵国枝是无差别杀人。"韩若寻沉吟了一下,"但是我并不这样认为。我认为,无论凶手是否是赵国枝,都不会是无差别杀人。杨昕和钟雪璇身上应该存在某些共同点,而这个共同点,才是凶手的动机。"

思炫"哦"了一声,转头向郑天威问道:"当时你们有查到杨昕和钟雪璇有什么共同点吗?"

郑天威摇了摇头:"没有。"

"那你们没有怀疑过杀死杨昕的凶手和杀死钟雪璇的凶手并非同一个人吗?"

"这个卷宗上也提到了,在杨昕被杀后,警方并没有向外界公布'死者的喉部被钉上蜘蛛'这个细节,所以,如果钟雪璇之死是模仿犯罪的话,那么凶手极有可能就是杨昕被杀一案的侦查探组的警员。但是当时薛队否定了这种可能性,认定杀死杨昕的凶手和杀死钟雪璇的凶手是同一个人。"

思炫接着问道："在杨昕和钟雪璇的熟人和亲戚中，真的没有人存在作案动机吗?"

郑天威"嗯"了一声："那个杨昕是独居的，很少跟亲戚来往，也没什么朋友。她的邻居说，她这个人深居简出，也很少跟邻居来往，应该没有得罪什么人。"

林启信加入了讨论："我记得这个杨昕是结过两次婚的。"

韩若寻点了点头："是的，卷宗中有提到杨昕的第一任丈夫在二〇〇三年失踪，翌年，杨昕跟第二任丈夫结婚，但在二〇〇七年，杨昕的第二任丈夫因病去世，此后杨昕便一个人生活了。"

"结了两次婚，两个丈夫都没了，还真可怜呀。"郑天威感慨道。

"那么钟雪璇呢?"思炫又问。

郑天威摇了摇头："钟雪璇遇害时只是一名高二学生，当时我们走访过她的同学，得知她性格开朗，在学校里跟同学们的关系不错，即使偶尔有同学跟她发生一些小摩擦，也不至于因此杀害她。"

"对了，启信，"韩若寻向林启信问道，"在钟雪璇被杀的时候，你有对犯罪嫌疑人做过侧写吗?"

"没有。在杨昕被杀案发生后不久，我又到美国深造去了，两年以后才回来，所以钟雪璇被杀的时候，我不在 L市。"林启信说到这里稍微停顿了一下，接着补充，"不过我在二〇一二年回来之后，也曾研究过钟雪璇被杀一案的现场勘查记录和尸体分析报告，分析过犯罪嫌疑人的特征，发现跟杀死杨昕的凶手的特征比较接近，但并不能完全确定是同一个人。"

郑天威低声嘟哝道："这不等于废话吗？"

韩若寻接着说："我认为最大的疑点就是杨昕是被勒毙的，而钟雪璇则是因为头部遭到重击而死亡的，两者死因不同。只是钟雪璇的颈部有死后形成的勒颈索沟，而且技术部那边推断勒毙杨昕的绳索和对钟雪璇的尸体进行勒颈的绳索是同一类绳，因此认为凶手是同一个人。"

林启信点了点头："说起来，当时警方根据杨昕颈部的勒痕位置，推测凶手的身高是一米八左右，后来又根据钟雪璇颈部的勒痕位置，推测那个在杀死她以后对她进行勒颈行为的凶手的身高也在一米八左右，跟杀害杨昕的凶手的身高十分接近，这也是我判断杀死杨昕的凶手和杀死钟雪璇的凶手是同一个人的重要依据之一。"

"当年的案子疑点还真多呀。"郑天威轻轻地吁了口气，"现在看来，当时专案组确实有草草结案之嫌呀。"

"无论杀死杨昕的凶手和杀死钟雪璇的凶手是否同一个人，我个人认为，凶手不是赵国枝。"韩若寻也吸了口气，有些无奈地说，"只是，当时钟雪璇被杀的案子已经发生了半个月，但警方的调查却毫无进展，与此同时，这件事在网上越炒越火，被网民们推向了风口浪尖，还引起了省厅甚至是公安部的高度重视，L市警方承受着极大的舆论压力。省厅那边多次向魏局施加压力，于是魏局要求薛队限期破案，薛队也只好立下军令状：在期限内不能破案，就自动辞职。"

郑天威叹道："是呀，都是被逼的呀。当时专案组的成员，每天只能睡两个小时呀。"

韩若寻继续说道："还差四天就到破案期限的时候，赵国枝就丢了那三只蜘蛛，后来又因为挟持人质被击毙了，薛队便顺理成章，认定赵国枝是'蜘蛛杀手'，草草结案，也算是给网民一个交代吧。"

"唉，他这样做还有另一个原因——保护击毙了赵国枝的黄松。"郑天威有些感慨地说。

"交代？"思炫语气冰冷，"如果'蜘蛛杀手'不是赵国枝，那么警方所给出的根本不是交代，而是糊弄。"

韩若寻、郑天威和林启信三人都没有答话，因为他们都知道思炫所说的是事实。霎时间，四人陷入了沉默之中。

5

此时一个二十来岁的女子走进餐厅。林启信一眼就看到了这个女子，向她挥了挥手："这边。"

女子快步走过来，向众人点了点头。思炫抬头一看，只见这女子容貌清秀，明艳动人。

"这是我女友。"林启信向韩若寻等人介绍道。

"你们好，我叫 Wendy。"林启信的女友接着也自我介绍。

众人聊了几句，郑天威有些好奇地问："对了，Wendy 小姐，你是做什么工作的呀？"

"我是……"

韩若寻打断了 Wendy 的话："先别说。慕容，要不你来猜一下？"

"猜？有可能猜得到吗？"林启信一脸不屑，"韩队，你以为他是福尔摩斯呀？"

"福尔摩斯只是纸上的人物罢了。"思炫面无表情地道。

"我来猜一下吧！"郑天威打量了一下 Wendy，"Wendy 小姐是……老师？"

Wendy 抿嘴一笑："你为什么会这样认为呢？"

"我……"郑天威搔了搔脑袋，讪讪地道，"我随便猜的。"

林启信呵呵一笑："确实挺随便的。"

郑天威接着猜："公务员？"

Wendy 还是摇头："也不是。"

"是销售员吗？"

"好啦，老郑，等你猜完，太阳都下山啦！"韩若寻笑道，"慕容，还是你来吧。"

林启信向思炫瞥了一眼，一副嘲讽表情。

"把手伸出来。"思炫对 Wendy 说。

Wendy 伸出了手。思炫朝她的手掌瞥了一眼，漫不经心地道："你是在保险公司工作的。"

霎时间，Wendy 脸上露出了不可思议的表情。与此同时，林启信也吓了一跳，瞪大了眼睛。

Wendy 回过神来，问道："你怎么猜到的？"

思炫没有回答，而是说："把你的手表摘下来给我看看。"

Wendy 摘下手表，交给思炫。思炫接过，随意翻看了一下，又说："你是一名车险查勘员。"

Wendy 这一惊实在非同小可，只听她颤声道："你……你为什么会知道？太可怕了！"

林启信也忍不住问道："怎么看出来的？"

思炫斜眼看了看林启信，冷冷地道："关你什么事？"

韩若寻拍了拍林启信的肩膀，笑道："启信，现在你明白我为什么让慕容加入专案组了吧？"

林启信的脸色有些难看，郑天威则喜笑颜开，简直比自己中奖了还要高兴，如果不是此时在餐厅内，他甚至要当场大力鼓掌。

6

五人吃过午饭，走出餐厅。

韩若寻向郑天威和思炫问道："你们跟我一起回去吗？"

思炫摇了摇头："我们有地方要去。"

"那好吧，有事电话联系。"

在韩若寻、林启信和 Wendy 离开后，郑天威急不可待地问："好了，思炫，现在该告诉我了，你是怎样通过林启信的女友的手掌和手表看出她是车险查勘员的？"

"我不是通过她的手掌和手表看出来的，之所以要看她的手掌和手表，只是迷惑他们。"

"不会吧？那你到底是怎么看出来的？"

思炫看了看郑天威："为什么要告诉你？"

"切！我跟你什么关系呀？对我也要卖关子？"

"十个麦当劳雪糕。"

"你这小子！"

思炫嘴角一扬，指了指爱琴海西餐厅的大门："要不回去请我再吃十个杂果雪糕？"

"你现在还能吃得下吗？"

"可以打包。"

"不会融掉吗？"

"可以放冰。"

"冰也会融掉呀。"

"到时候我就吃得下了。"

"算了，还是十个麦当劳雪糕吧，先说好呀，是最便宜的那种甜筒。"

"成交。"

"那你快说吧！"

"刚才我们不是坐在窗边的位置吗？在我坐的位置上，可以看到餐厅外的停车场。林启信的女友停车的时候，我就注意到她了。她的车是一辆保险公司的外勤车，车上还贴着'然安保险公司'几个字……"

"原来是这样呀！"郑天威恍然大悟，接着笑道，"思炫，你这可是'作弊'呀！"

"走吧。"思炫伸了个懒腰。

"去哪？麦当劳？"

思炫摇了摇头："我现在还有点儿饱，晚点儿再吃吧。"

"那我们要去哪呀?"

思炫抓了抓他那杂乱的头发,淡淡地道:"翻查杨昕被杀的案子。"

7

两人找了个地方坐下来,翻看"蜘蛛杀手"案件的侦查卷宗,找到了杨昕的父亲的手机号码。

郑天威拨打这个号码,接电话的是一个苍老的男子声音。

"你好。"

"请问你是杨明鹏先生吗?"

"是的。"

"你好,我是L市刑警支队的刑警郑天威。"

"刑警?"杨父明显愣了一下,接着问道,"有什么事吗?"

"是这样的,我们正在翻查你的女儿杨昕的案子,想找你了解一些情况。"

"我女儿的案子?不是结案了吗?"杨父的语气中充满疑惑,"凶手不是死了吗?"

"杨先生,"郑天威没有回答杨父的问题,而是提问道,"请问你还保留着杨昕的遗物吗?"

"嗯,保留着。"

"我们想要看一下杨昕的遗物,可以吗?"这是思炫提出的要求。

"可以的。"

"你现在还住在 M 市，对吧？"卷宗显示，杨昕是 M 市人，她的父母都住在 M 市——一座三线城市，她生前独自一人在 L 市工作、生活。

"是的。"

"那我们现在从 L 市过来，到了再打电话给你，可以吗？"

"嗯，可以。"

郑天威挂掉电话后，思炫拍了拍他的肩膀："你赚了。"

"赚了什么？"郑天威不解。

"M 市里的麦当劳的甜筒，应该比 L 市的便宜。"

"……"

当两人乘车来到 M 市的时候，已经是傍晚时分了。两人马不停蹄地来到杨家，见到了杨昕的父母——一对七十岁左右的老人。

"警官，"杨昕的母亲一见到郑天威和思炫，便有些激动地问，"杀死我家阿昕的凶手不是已经死了吗？难道当年被你们打死的那个赵国枝，根本不是凶手？"

"这……这还在调查之中。"郑天威答道。

"这么说，赵国枝真的不是凶手？"杨母更加激动了，"杀死我女儿的凶手现在还逍遥法外？怎么会这样呀？你们是怎么查案的呀？"

杨父连忙拉住妻子："老太婆，你冷静一些呀。"

"冷静？我怎么能够冷静呀？"杨母甩开了丈夫的手，"你没听到他说吗？杀死阿昕的凶手还没抓到呀！那个人渣杀死了我们的女儿，现在却还活得好好的！这还有天理吗？"

"人家现在不是正在查了吗?"

"查?"杨母冷笑一声,"查了六年还在查?"

杨父害怕妻子得罪两位警察,连忙岔开话题,对郑天威和思炫说: "两位警官,我带你们去看一下我女儿的遗物吧。"

"好的。"郑天威答道。

杨父带着两人走进一个房间,房内放着两个纸箱,杨昕的遗物就装在纸箱里。

思炫蹲下身子,快速地翻看着杨昕的遗物。郑天威其实也不知道他想看什么,只好也随便翻看一下。

半个小时后,思炫找到了一个小盒子,盒子里有一条钻石项链,此外还有一张小卡片。

那小卡片上手写着几行字:

亲爱的昕:

　　这是我们一起度过的第五个情人节了,今年情人节我许下了一个愿望,我希望以后每一年的情人节,都可以和你一起度过。

永远爱你的文

2006. 2. 14

霎时间,思炫双眼一亮。

"你看。"他把小卡片丢给了郑天威。

"哦?这个'爱你的文'是谁呀?"郑天威略一沉吟,"是杨昕的第二任丈夫?"

资料显示，二○○一年四月，杨昕跟一个名叫石荣满的男子结婚了；两年后，具体时间是二○○三年六月，石荣满离奇失踪了；二○○四年九月，即石荣满失踪一年多以后，杨昕再婚了，她的第二任丈夫名叫张耀文；然而这个张耀文在二○○七年七月患癌去世；此后杨昕便一直在 L 市独居，直到二○一○年十月遇害。

　　"是的，"此时思炫颔首，"'爱你的文'就是张耀文。"

　　郑天威点了点头："这是张耀文送给杨昕的情人节礼物吧？这个张耀文好像在二○○七年就病逝了，他把这条项链送给杨昕的时候，一定没有想到自己会在一年多以后离世吧？唉，人生无常呀。"

　　"你的关注点真奇怪。"思炫瞅了郑天威一眼，"难道你没看出这张卡片有什么问题吗？"

　　"有什么问题呀？"郑天威把小卡片上的内容又读了一遍，还是没有发现任何问题。

　　"杨昕的第一任丈夫石荣满是在哪一年失踪的？"

　　"好像是二○○三年。"

　　"张耀文在小卡片上说，二○○六年的情人节，是他跟杨昕所度过的第五个情人节。请问，他们所度过的第一个情人节是在哪一年？"

　　郑天威没好气地说："你考我这种小学生的数学题是什么意思呀？不算二○○六年，他们还过了四个情人节，那不就是二○○二年吗？……啊？"

　　他突然叫了出来，自己打断了自己的话："杨昕和张耀文在二○○二年就一起过情人节？当时石荣满还没失踪呀！"

"明白了吧？"思炫说出了结论，"杨昕婚内出轨了。"

没等郑天威回过神来，思炫接着又说："走吧，再去找杨昕的父母问问。"

8

两人刚走出房间，杨母马上迎上来："有什么发现吗？"

郑天威看了看思炫，意思是："你来问？"

思炫点了点头，走前一步，向杨母问道："你还记得你的女婿石荣满吧？"

"记得呀。"

"他失踪前是做什么工作的？"

"好像是开厂的，具体是什么工厂我也忘了。"

此时杨父也走了过来，补充道："是制衣厂。老太婆，你忘了吗？有次我们到 L 市探望阿昕，荣满还带我们参观过他的制衣厂呢。"

"噢，好像是。"杨母也想起来了。

"规模大吗？"思炫接着问。

"还好吧，好像有几十个员工。"杨母答道。

郑天威听到这里，也觉察到其中的蹊跷了，问道："石荣满失踪后，那间制衣厂怎么处理？"

"阿昕不会管理，所以就转让给别人了。"杨父如实答道。

"卖了多少钱？"

"当时好像卖了一百多万吧，阿昕还用那笔钱在 M 市买了两套房子……"

杨母打断了丈夫的话，抱怨道："你说这种无关紧要的事干吗呀？"

郑天威四处打量了一下："这套房子就是杨昕当时买的？"

杨父摇了摇头："这是我们以前买的，阿昕买的那两套房子后来又卖掉了。"

"为什么卖掉了？"

"就是筹钱给耀文治病嘛。"杨父叹了口气。

杨母也摇了摇头："可惜钱花光了，病还是没治好，最后人走了，人财两空。"

"张耀文患的是什么病？"郑天威接着问。

"肝癌，"杨父答道，"发现的时候已经是晚期了。"

思炫此时向郑天威看了一眼，接着又看了看大门。郑天威会意，对杨昕的父母说道："好了，情况我们都了解了，谢谢你们的合作。"

"喂！你们还没告诉我们，"杨母不依不饶，"为什么现在还要问这些事呀？是不是要翻查我女儿的案子呀？赵国枝真的不是凶手吗？"

郑天威只好如实答道："是的，现在我们怀疑赵国枝并非杀害你们女儿的凶手，不过一切都还在调查之中，目前还没有定论……"

"阿昕……我的乖女儿……"杨母红了眼睛，声音呜咽，"我可怜的女儿……"

杨父也双眼湿润。

郑天威想要安慰他俩两句，又不知从何说起。

"走吧。"思炫说罢径自走向大门。

"杨先生，杨太太，那我们先走了。"郑天威也走出杨家，追上了思炫。

两人走出杨昕父母所住的那幢楼房之时，夜幕已经拉开，天空中漆黑一片。

"思炫，你怎么看？"其实郑天威心中已有想法。

"还要怎么看？这不是一目了然的吗？"思炫微微地抬起头，仰望着夜空，用毫无抑扬顿挫的声音说道，"杨昕婚内出轨，跟张耀文偷情，他们两人还合谋杀死了石荣满，并且谎称他失踪，这样一来，便可以卖掉他的制衣厂了。"

郑天威摇了摇头，感慨道："天理昭彰，报应不爽，张耀文害死了石荣满，卖掉了他的制衣厂，最后卖厂房的钱却都用来治病，而且也没治好，命也没了，也算是报应吧。"

"但是上天没给杨昕报应，"思炫顿了顿，"所以'蜘蛛杀手'便出手了。"

"这么看来，当年杀死杨昕的人和昨晚杀死陈小娟的人，还真有可能是同一个人，杀人的动机就是为了制裁这些罪有应得的人。"

"明天回到L市，我们再去翻查一下五年前钟雪璇被杀的案子吧。"

接下来，两人找了一家宾馆入住。睡前，两人谈天说地，说起了他们以前所一起侦查过的一些案子。

"还记得促使我们认识的那起案子吧？那应该是你到L市后所遇到的第一起案子吧？"郑天威问。

"是。"

"那是哪一年的事?"

"二〇〇八年五月。"

"一晃都八年多啦?"郑天威有些感慨,"时间过得真快呀。"

"但是,如果正义迟到了,那么,"思炫望着天花板,幽幽地说,"对于那些在等待着它到来的人来说,时间便会变得无比漫长。"

郑天威明白思炫的意思,长长地吁了口气:"放心吧,正义终究不会缺席的。"

思炫却冷冷地道:"迟到的不是正义,而是人。"

9

夜色之下,胡庆华站在梁雯娣的尸体前方。

跟上次一样,胡庆华的双手戴着橡皮手套,鞋子上也套着鞋套。

此时,胡庆华从口袋中取出了一个巴掌大小的透明圆形胶盒。

胶盒里有一只已经死亡的橙色大蜘蛛,那是一只学名为橙巴布的成体捕鸟蛛。

只见胡庆华轻轻地把胶盒中的捕鸟蛛取出,放在梁雯娣的喉咙上,接着又取出一根长钉,把蜘蛛钉在梁雯娣的脖子上。

"第二个了……"胡庆华望着梁雯娣的尸体,神色忽然有些茫然,"什么时候才结束呢?"

第四章　保姆

1

翌日清晨，郑天威还在睡梦之中，忽然被自己手机的来电铃声吵醒了。

郑天威睁开眼睛，只见慕容思炫已经醒过来了，蹲在电视柜上，正玩着魔方。

郑天威拿起床头柜上的手机一看，竟是韩若寻打过来的，霎时间精神一振。

"韩队！"

"老郑，你在哪呀？"

"我和思炫在 M 市。"韩若寻这么早打电话给他，郑天威已猜到大事不妙了，"怎么啦？"

"'蜘蛛杀手'又杀人了！"

"不会吧？"郑天威倒抽了一口凉气。

"详细情况等你们回来再说吧。"

"好，我们马上回来。"

郑天威挂掉电话后，转头看了看思炫："思炫……"

"知道了，走吧。"思炫从电视柜上一跃而起，跳了下来。

接下来，两人立即离开宾馆，来到车站，乘车返回L市。

途中，郑天威恨恨地道："这个'蜘蛛杀手'现在竟然一天杀一个人，真没把我们警方放在眼里！"

思炫冷然道："难道他三天杀一个人，就是把你们放在眼里了？"

"呃？我不是这个意思。"郑天威顿了顿，又说，"这次这个死者，应该也是做过一些罪有应得的事。"

对于郑天威的这个推测，思炫不置可否。

当两人回到L市公安局的时候，已经接近中午了。

两人来到"蜘蛛杀手"专案组的会议室。这里即将召开案情分析会，此时专案组的大部分成员都在会议室内，侦查员正在整理今天上午调查访问所获取的情况。

不一会儿，韩若寻和林启信也到了，会议开始。

"小刘，"韩若寻向侦查员小刘吩咐道，"你先简述一下今早那起案件的情况吧。"

"是的，韩队。"小刘汇报道，"今天清晨，一名垃圾清洁工人在长安街文莱巷的垃圾房旁边发现了一具女尸，马上打电话报警。我们的同僚接到报案以后，来到现场，发现女尸的喉部上竟钉着一只蜘蛛，于是立即向我们专案组做了案情通报，并且把案件移交给我们。

"随后我们专案组的成员立即前往现场进行勘查工作。

根据调查，死者名叫梁雯娣，五十一岁，未婚，独居，在一间家政公司里任职保姆。昨天晚上，梁雯娣在文莱巷内的发财棋牌室跟几个麻友打麻将，并于凌晨十二点左右离开了棋牌室。

"梁雯娣的死亡时间是昨天晚上十二点到今天凌晨一点半之间，死因是被绳子勒毙。根据现场勘查结果，尸体的发现地点就是原始现场。我们推测受害者在离开发财棋牌室后，便被犯罪嫌疑人尾随，还没离开文莱巷，就遭到犯罪嫌疑人偷袭，最后被犯罪嫌疑人勒毙。

"被钉在死者喉部的蜘蛛是一只成体的橙巴布捕鸟蛛，法医推断犯罪嫌疑人是在杀死死者后，才把蜘蛛钉上去的。这种捕鸟蛛在网上就能买到，成体的橙巴布售价一般是几百块。

"此外，案发现场没有留下毛发、指纹、足印等线索，而文莱巷内也没有监控摄像头，所以我们暂时无法通过现场的勘查结果锁定犯罪嫌疑人。"

郑天威听到这里，向坐在自己身旁的思炫低声沉吟道："和陈小娟的案子十分相似呀。"

与此同时，韩若寻向侦查员老傅问道："老傅，梁雯娣是经常到发财棋牌室打麻将的吗？"

老傅答道："根据昨晚和梁雯娣打麻将的那几位麻友讲述，梁雯娣每个星期的周六晚上都会到那家棋牌室打麻将，基本上是风雨不改的。"

"哦？"韩若寻略一斟酌，"这么说，犯罪嫌疑人极有可能掌握了'梁雯娣每周六晚到发财棋牌室打麻将'这条信息，因此提前在棋牌室附近埋伏。对了，有走访过梁雯娣的家人吗？"

老傅轻轻地摇了摇头："梁雯娣的父母已经去世了，她有两个姐姐和一个弟弟。她的两个姐姐目前都并非在 L 市居住，收到我们的电话后，她们表示自己跟梁雯娣关系比较疏远，不愿意过来处理她的后事，至于她的弟弟虽然住在 L 市，但他说他工作很忙，也不愿意过来。

"我们也走访过梁雯娣的邻居，他们都说梁雯娣的性格孤僻古怪，跟邻居们没什么交流，也从来没有朋友到她家找她。根据初步调查，梁雯娣的家人、麻友、邻居，都基本排除了作案可能。"

韩若寻吸了口气："换句话说，就跟陈小娟的案子一样，无法通过梁雯娣的社会关系锁定犯罪嫌疑人，对吧？"

"是的。"

"那么，梁雯娣工作的那间家政公司呢？"

"那间家政公司我们也走访过，"老傅翻看了一下走访记录，"根据我们的调查，梁雯娣从二〇〇九年开始就在那间家政公司任职保姆，直到现在。唔，有一点比较奇怪。"

"哦？"韩若寻两眼一亮，"是什么？"

"梁雯娣从二〇一四年开始，变换雇主比较频繁，短短两年内，竟然变换了十五名雇主。"

"为什么呢？"

老傅摇了摇头："家政公司说由于涉及客户的隐私，所以没有告诉我们原因，但我们拿到了这些雇主的联系方式，打算今天下午开始走访这些雇主。"

老傅一边说，思炫一边在查看着走访记录，他发现梁雯娣现在的雇主名叫李庚。

"我们下午就去走访这个人。"思炫向郑天威指了指走访记录上"李庚"的名字。

郑天威皱了皱眉，悄声问："这个李庚有嫌疑?"

思炫却不再回答，看着走访记录，怔怔出神。

与此同时，韩若寻转头向林启信问道："启信，你已经对杀死梁雯娣的犯罪嫌疑人做过侧写了，对吧?"

林启信点了点头："是的，以下是我根据梁雯娣被杀一案的现场勘查记录、走访记录和解剖分析报告所分析的犯罪嫌疑人的特征：本案的犯罪嫌疑人只有一个，且是男性的可能性偏大，身高在一米八二左右，身体健壮。犯罪嫌疑人是惯犯，反侦查行为十分明显，谋杀水平比较高。

"值得一提的是犯罪嫌疑人与被害人的熟悉程度这一点，从犯罪事实和现场环境来看，犯罪嫌疑人对被害人的生活习惯比较熟悉，清楚知道被害人每周六晚都会到长安街文莱巷的发财棋牌室打麻将的习惯，并且在文莱巷蹲点，等候偷袭被害人。但是，这并不能证明犯罪嫌疑人跟被害人是熟人，因为犯罪嫌疑人可以通过侧面了解或跟踪调查，得知被害人的生活习惯。"

郑天威低声嘟哝道："说了等于没说。"

林启信微微地吸了口气，接着说道："最重要的一点，技术部那边分别在陈小娟和梁雯娣的颈部提取了勒毙她们的绳索的纤维，做了微量物证检验，发现两者同一认定。"

这个鉴定结果表明，陈小娟和梁雯娣是被同一根绳子勒死的!

"虽然由于时间仓促，本次侧写并不详细，但也可以断定，杀害陈小娟的凶手和杀害梁雯娣的凶手是同一个人的可能性极大！"

韩若寻"嗯"了一声，总结道："也就是说，无论这两起谋杀案跟当年杀死杨昕和钟雪璇的'蜘蛛杀手'是否有关，但可以肯定的是，这次杀死陈小娟和梁雯娣的是同一个人。

"昨天下午，老郑和慕容思炫查到了陈小娟跟一个拐卖儿童的团伙有关，打拐办那边已经查清楚了，陈小娟所承包的五金仓库，实际上是一个拐卖儿童团伙的窝点，而陈小娟正是这个窝点的头目。现在，打拐办已经把陈小娟的数名同伙逮捕归案，并且解救了最近被拐卖到外地的数名孩童。"

韩若寻说到这里，会议室内响起了一阵掌声，众人也不约而同地向郑天威和思炫投去赞赏的目光。郑天威有些不好意思，干笑了两声，而思炫则一点儿反应也没有，望着天花板，怔怔出神。

韩若寻双手下压，示意大家安静，接着说："回到我们这起案子上来，陈小娟是一名人贩子，拐卖过不少孩童，罪大恶极，而这很有可能就是凶手杀死她的动机。换句话说，凶手跟陈小娟根本不认识，只是因为查到陈小娟拐卖儿童的事，于是对她实施制裁。"

一名刑警提出了自己的想法："这么说，这个凶手杀死梁雯娣的动机，也是因为她曾经做过某些罪大恶极的事？"

韩若寻点了点头："这就是我们接下来的调查方向：深

入调查梁雯娣的性格和口碑，重点询问曾经雇用梁雯娣为保姆的雇主们。"

接下来，韩若寻开始分配调查任务。思炫撞了一下郑天威的手臂，郑天威会意，举手道："韩队！"

"怎么啦，老郑？"

"我和思炫负责走访梁雯娣现在的雇主李庚，可以吗？"

韩若寻颔首："可以。"接着他又向思炫问道："慕容，你有什么想法吗？"

思炫却大大地打了个哈欠，没有回答韩若寻的话。

众人刚刚才对思炫捣毁了一个拐卖儿童团伙窝点的事而大加赞赏，此刻又不禁对他这目中无人的态度而感到不满。只有一些跟思炫比较熟悉的刑警知道，思炫的性格就是如此，对此见怪不怪。

2

下午，思炫和郑天威来到了李庚家，找到了李庚——一个四十多岁的男子。

"两位警官，找我有什么事呢？"李庚似乎还不知道梁雯娣遇害的事。

"李先生，请问梁雯娣是你家的保姆吗？"郑天威问。

"是呀。"李庚有些疑惑，"她怎么啦？"

"她现在在哪里呢？"

"她放假了，本来应该今天中午就回来，但现在还没回来，或许是临时有什么事吧。"李庚咽了口唾沫，"你们找她有事吗?"

郑天威吸了口气:"她死了。"

"什么?"李庚大吃一惊。

"我们这次来,就是想要了解一下她的情况。"

"怎么会这样呀?"李庚回过神来,"警官,她是怎么死的?"

"被谋杀的。"

"不会吧?"李庚脸色微变,"凶手抓住了吗?"

"还没有。李先生,梁雯娣在你这儿工作多久啦?"

"刚好一周吧。我是上星期一到家政公司去的,想要找个保姆照顾我妈。当时家政公司的人向我推荐了梁雯娣,说她当过七八年保姆,经验十分丰富。我跟梁雯娣见了面,觉得她还不错,于是便雇用了她。当晚她就跟我回到我家来了。"

"她平时就住在你这儿吗?"郑天威打量了一下李庚的房子。

李庚点了点头:"她就住在我妈的房间,平时主要负责照顾我妈。她之前跟我说好,希望每周的周六可以放假,我想周六周日我和我太太都放假在家,可以自己照顾我妈,就答应了她。昨天是她入职以来第一次放假,中午她就离开了我家,本来说好今天中午回来的,没想到却出事了,唉。"

郑天威知道梁雯娣之所以要求周六放假,是因为她每个星期六晚上都会去棋牌室打麻将。

"她入职以后有什么奇怪的行为吗?"思炫冷不防问道。

"奇怪的行为?"李庚不明所以,"什么意思?"

郑天威补充解释："就是一些你觉得比较奇怪的行为，你认真想想。"

"没有吧，"李庚竭力回想，"我觉得她还蛮正常的，就是不怎么爱说话。我太太问过她家里有什么人，她说她有两个孩子，在老家读书……"

"她在撒谎！"郑天威心中暗道，"她根本没有结婚，也没有孩子。她为什么要撒谎呢？是为了让雇主对他放心吗？"

李庚接着说道："她工作也蛮认真的，把我妈照顾得很好……"

他说到这里，似乎忽然想起了一些什么："对了！"

"怎么啦？"郑天威两眼一亮。

"她刚来的时候说过一句令我蛮不舒服的话，我也不知道那算不算奇怪的地方。"

"是什么？"郑天威迫不及待地问。思炫也把目光投向李庚。

"是这样的，我给娣姨的工资是月结的嘛。她刚到我家的时候就对我们说，如果她工作不到一个月，老人不幸归西了，那也要给足她一个月的工资，哪怕只工作了一个小时，也要算足一个月。当时我们听了很不高兴，哪有这样说话的？我太太还打电话到家政公司投诉，但家政公司那边的人说，保姆市场的行规就是这样的。虽然行规是这样，但这话由保姆说出来，还真让人觉得不舒服呀。"李庚摇了摇头，接着又道，"后来我想，或许娣姨就是这种实实在在的人，什么都要先说清楚，于是也就不再在意了。"

郑天威听完李庚的讲述，看了看思炫。思炫向大门看了一眼。郑天威会意，对李庚说："好的，李先生，情况我们都了解了，谢谢你的合作。"

"警官，婶姨到底是被谁杀死的?"李庚好奇地问，"难道她有什么仇家吗? 她穿着朴素，搬进我家的时候所带的两袋行李竟然是用饲料袋和蛇皮袋装的，给人的感觉就是她是从农村出来的，家里穷，为人应该比较朴素和踏实。"

郑天威点了点头："李先生，你放心吧，我们会调查清楚的。稍后我们还会有同事过来跟你做一份详细的笔录，希望到时候你配合一下。"

"没问题。"

刚离开李庚家，郑天威立即对思炫说道："思炫，这个梁雯娣有问题呀!"

思炫向郑天威白了一眼："激动什么呀? 这不是显而易见的吗?"

"接下来我们要干什么? 继续查她?"

思炫早就想好了："走访一下她的上一任雇主吧。"

3

梁雯娣的上一任雇主叫王家玲，曾雇用梁雯娣照顾她的婆婆。

不一会儿，郑天威和思炫来到了王家玲家，见到了王家玲。

郑天威向王家玲表明警察身份后，开门见山地向她问道："王小姐，你之前是不是雇用过一个名叫梁雯娣的保姆?"

"是呀。"王家玲点了点头。

"家政公司那边的人说,梁雯娣在你家只是工作了四天,对吧?"郑天威接着问。

"是的。"

"你们是因为什么原因解雇她的?"郑天威认为梁雯娣被解雇的原因,或许跟她被杀的原因有关。

"解雇?"王家玲摇了摇头,"我们没有解雇她呀。"

"哦?"郑天威更加好奇了,"那她为什么只工作了四天?"

王家玲叹了口气:"我们是雇用她回来照顾我的婆婆的,可是她刚来了四天,我婆婆却走了,唉。"

思炫斜眉一蹙:"怎么走的?"与此同时,郑天威也眉头紧锁,陷入了深思。

"我们也不是很清楚。不过老人家本来就八十多岁了,而且又患有老年痴呆,或许离世的原因是患了什么老人病吧。"

思炫接着问:"那你结了多少工资给梁雯娣?"

"两千八呀,就是相当于一个月的工资。"王家玲一边回想一边说道,"娣姨刚到我们家的时候就对我们说,我婆婆的精神状态不太好,如果她工作还没满一个月,我婆婆就归西了,那么我们也要给足她一个月的工资。唉,没想到被她说中了,真是好的不灵坏的灵呀。"

郑天威在心中微一琢磨,又问:"那么,在梁雯娣在你家工作的这四天中,你有没有发现她曾有过某些奇怪的行为呢?"

"奇怪的行为?"王家玲有些疑惑,"什么意思呀?"

"就是一些你觉得反常的行为。"

"好像没有呀。"王家玲似乎想到了一些什么,"警官,为什么这样问呀?难道你们怀疑我婆婆的死,跟娣姨有关?"

"这个……还在调查之中。"

王家玲"咦"了一声:"真的是在怀疑娣姨吗?可是,娣姨只是我们家的保姆呀,跟我们无仇无怨,为什么要害我的婆婆呢?"

"因为,"思炫用冰冷如水的语气说道,"这样她就可以提前收工资了。"

王家玲怔了一下,紧接着一股寒意从背脊直泻下来。

4

走出王家玲家,郑天威看了看思炫:"思炫,这事儿你怎么看?"

"一目了然的事情,还要怎么看?"思炫没好气道。

郑天威吸了口气,煞有介事地问:"这么说,真的是梁雯娣杀死了王家玲的婆婆?"

"是。梁雯娣在两年内变换了十五名雇主,之前那些雇主家中的老人,或许也遭毒手了。"

"不会吧?"郑天威倒抽了一口凉气,"那为什么那些雇主都不报警呀?"

"一般需要保姆照顾的都是上了年纪的老人,身体本来就有这样或那样的问题，他们万一暴毙，家属一般都只会认为老人是因病去世，而不会对保姆起疑心吧？"

"如果真的是这样，那这个'杀人保姆'真是太可怕了！"郑天威只感到汗毛直竖。

"接下来就验证一下我们的推理吧。"思炫说罢伸展了一下四肢。

"怎样验证？"

"我去梁雯娣家中看看，你则去查一下梁雯娣之前的雇主。"

"好！"

于是两人分头行动，思炫独自来到南山村的一间平房前方——梁雯娣生前就住在这里。

平房大门上的锁只是那种普通的球形锁，这让思炫省下不少工夫。思炫向门锁瞥了一眼，便从单肩包中取出一个卷式工具包，又从中取出一根铁丝，插入门锁的钥匙孔中，微微转动，不到十秒，便把门锁打开了。

他走进平房，只见屋内乱七八糟，四处堆满了杂物。根据调查所知，梁雯娣一般是住在雇主家中的，只有放假的时候，或是暂时没有被雇佣的时候，才会在家中居住。

接下来，思炫在屋内展开了地毯式搜索。果然，他很快就在衣柜里找到了一件似乎包裹着某些硬物的衣服。

为什么要把物件包裹在衣服之中呢？

思炫知道其中必有蹊跷，小心翼翼地打开了衣服，只见衣服内有一个黑色塑料袋。思炫又打开了那个塑料袋，只见袋中竟然装着几支针筒、两瓶安眠药和大半瓶敌敌畏药水！

5

在自己的推理得到了验证之后，思炫便离开了南山村，乘车返回公安局。他刚来到公安局大门口，便接到了郑天威的电话。

"思炫，"思炫刚接通电话，还没说话，郑天威劈头便问，"你在哪呀？"

"公安局门外。"

"哦？你回来啦？查得怎样了？有找到梁雯娣杀人的证据吗？"郑天威一口气问道。

"找到了。"

"太好了！我现在在韩队的办公室，你这就过来一下吧！"

"哦。"

思炫挂掉电话后，走进公安局，直接来到韩若寻的办公室，只见此时办公室内除了郑天威外，还有两个人——韩若寻和林启信。

思炫刚坐下来，郑天威便迫不及待地说："韩队已经派人联系过梁雯娣的所有雇主了，其中八名雇主家中的老人，在梁雯娣上岗后没多久就暴毙了。不过正如你推测的那样，由于这些老人大部分都是高龄，而且又是在家中去世的，所以他们的家属都没有产生怀疑，认为老人是自然死亡。"

"哦。"

"你呢？你在梁雯娣家中发现了什么证据？"郑天威问。

思炫把自己的发现告诉了三人。三人听完以后都倒抽了一口凉气。

"看来这八名老人都是被梁雯娣毒死的。"韩若寻神色凝重地说。

林启信点了点头："她杀人的动机十分单纯，就是为了尽早拿到工资，然后便可以尽快去寻找新的雇主。"

郑天威摇了摇头："这真是太可怕了！世界上怎么会有这种残忍自私的人呀？"

"所以，"思炫慢条斯理地道，"这个'毒保姆'梁雯娣跟陈小娟一样，也是罪大恶极，死有余辜，这正是'蜘蛛杀手'杀死她的动机。"

他说到这里顿了顿，看了看郑天威："杨昕的事你告诉了他们没有？"

"啊？还没有，我忘了。"

韩若寻"咦"的一声："杨昕怎么了？"

郑天威把他和思炫在 M 市的调查结果告诉了韩若寻和林启信。两人听后都满脸惊讶。

"这么说，当年是因为杨昕和情夫张耀文合谋害死了石荣满，所以'蜘蛛杀手'才把杨昕杀死的？"林启信说道。

韩若寻微微地吸了口气："这样看来，'蜘蛛杀手'果然不是赵国枝。六年前杀死杨昕的'蜘蛛杀手'，和现在杀死陈小娟以及梁雯娣的凶手，是同一个人，他的杀人动机，就是为了所谓的替天行道，制裁这些罪有应得的人。"

"那么'蜘蛛杀手'杀死钟雪璇的动机，也是因为钟雪璇做过某些罪有应得的事吗？"郑天威似乎难以认同，"钟雪璇只是一个高中生呀，她能做出什么十恶不赦的事呀？"

"坏人没有年龄之分，高中生，已经算是成人了。"林启信淡淡地道。

"慕容，你认为呢？"韩若寻向思炫征求意见。

思炫也向韩若寻看了一眼，只是一字一字地说出了四个字："替、天、行、道。"

"啥？"郑天威搔了搔头，他不明白思炫此时说出这四个字是什么意思。

韩若寻则若有所思："你是不是想到了一些什么？"

思炫点了点头，又说出了三个字："神血会。"

6

神血会是一个地下执法组织，组织中的成员均以杀死那些法律所无法制裁的罪犯为己任。

贪官污吏、地痞恶霸、无良医生、禽兽教师、孕妇杀手、在逃通缉犯、未成年杀人犯……这些人，都是神血会的成员们所"制裁"的目标。

神血会的初始成员有四名，外号分别是"黑无常""白无常""牛头""马面"。

其中会长"黑无常"还有一个继承者，外号"日游"。

"蜘蛛杀手"的案件，会不会跟神血会有关呢？

杨昕和情夫张耀文合谋，谋杀亲夫，可是此事一直没有被警方发现，她也因此逃过了法律的制裁。她，会不会就是被神血会中的某个成员所杀死的呢？

陈小娟，贩卖儿童，罪不容诛，但由于她的犯罪行为没有被警方发现，所以也暂时逃过了法律的制裁。杀死她的凶手，会不会也是神血会中的某个成员？

梁雯娣，为了谋求利益，丧心病狂地毒害老人，恶贯满盈，但是她的行为一直没有引起老人家属的怀疑，这让她一直逍遥法外。那么，夺取她性命之人，是否也是神血会中的一员？

这个轰动一时的"蜘蛛杀手"，会不会真的来自神血会？

"神血会吗？"韩若寻听思炫提起神血会，沉吟了一下，"据我所知，神血会中的'马面'骆浅渊已经死了，只剩下'黑无常'霍星羽、'白无常'雍乌、'牛头'南宫听梦，此外还有霍星羽的继承者——'日游'。难道'蜘蛛杀手'就是这四个人中的一个？"

思炫略一思索："或许，霍星羽还有其他继承者。"

郑天威突发奇想："会不会是因为那个'蜘蛛杀手'在神血会中的外号跟蜘蛛有关，所以才在每个死者的喉部钉上一只蜘蛛？"

"神血会是什么组织呀？"林启信似乎对此并不了解。

于是韩若寻把关于神血会的事向林启信简略地讲述了一遍，最后说道："当年，还有一个名叫反神会的组织，这个组织就是为了阻止神血会地下执法、滥用私刑而诞生的。"

他说到这里，看了看思炫，笑道："这个慕容思炫，就是反神会的成员们所培养出来的继承者。"

"哦？"林启信也向思炫看了一眼，用略带讽刺的语气说道，"失敬失敬。"

郑天威向他瞪了一眼："怎么说话呢？"

韩若寻打圆场："好啦，现在已经六点多啦，要不咱们一起去吃个饭，一边吃一边接着讨论吧。"

"我不去啦，今晚我约了庆华看电影。"林启信说。

"庆华是谁呀？"韩若寻有些好奇地问。

"庆华就是我女友 Wendy 啊，"林启信解释道，"她的中文名字叫胡庆华。"

韩若寻哈哈一笑："这名字还挺男性化的，我刚才还以为你约了男人看电影呢。"

此时林启信的手机响起。他接通了电话："庆华……我现在还在局里，马上过来。你到了吗？那你先点菜吧。"

挂掉电话后，他便站了起来："好了，韩队，那我先走了。"

韩若寻向他挥了挥手："走吧，约会愉快。"

"庆华……"思炫朝林启信的背影看了一眼，斜眉一蹙，若有所思。

7

接下来，韩若寻、郑天威和思炫来到了公安局附近的爱琴海西餐厅，要了一个包厢，在包厢里继续讨论案情。

"刚才说到哪里啦？"郑天威问道。

"神血会。"韩若寻提醒道。

"思炫，你对神血会最熟悉呀。"郑天威接着问，"如果'蜘蛛杀手'的案子真的是神血会干的，你认为是神血会中哪个人干的呢?"

"根据林启信的侧写,'蜘蛛杀手'是男性,所以南宫听梦和'日游'都可以排除。"思炫随口说道。

郑天威点了点头:"这么说,就是霍星羽或雍乌了。"

"'蜘蛛杀手'的身高在一米八二左右,而雍乌只有一米七二,不符合。"

郑天威两手一拍:"那就是霍星羽啦!"

思炫摇头:"林启信说'蜘蛛杀手'是一个年轻力壮的男性,而霍星羽已经六十多岁了,是个老头。"

"所以,"韩若寻看了看思炫,"你认为霍星羽除了'日游',还有其他继承者?"

"是,'蜘蛛杀手'就是他的另一个继承者,"思炫慢慢地道,"如果这起案件真的跟神血会有关的话。"

韩若寻吸了口气:"说起来,大概在半个月前发生的一起谋杀案,我曾怀疑过凶手是神血会的成员。"

思炫"咦"了一声:"什么谋杀案?"

韩若寻从公文包中取出一份侦查卷宗,轻轻地咳嗽了两声,清了清嗓子,娓娓道来:

"今年七月二十八日晚上,一个名叫潘惠萍的女性被杀。这个潘惠萍四十一岁,未婚,在城区内的一间出租屋中居住。我们在调查的过程中发现,潘惠萍有个母亲,七十多岁,独自一人住在莲荷村中。

"在潘惠萍遇害前一个多月,具体时间是六月二十三日,潘惠萍曾回到莲荷村向母亲要钱。潘惠萍的母亲不肯开门,潘惠萍就把门给砸了,潘惠萍的母亲大声质问潘惠萍为什么要砸门，潘惠萍竟往母亲的脸上泼硫酸……"

"我记得这起案子啦！"郑天威咬了咬牙，气愤地说道，"当时局里的兄弟们都说，这个潘惠萍真不是人！据村里的村民说，潘惠萍每次回村里找母亲，都是为了要钱。都四十多岁的人了，还这样啃老，真是个废物！"

韩若寻点了点头，接着讲述："潘惠萍向母亲泼硫酸后就逃跑了，后来几名村民把潘惠萍的母亲送到了医院治疗。经过医生诊断，潘惠萍的母亲有多处皮肤被浓硫酸烧伤，需要植皮，脸部更严重毁容，甚至完全失明了，此外，整个头部都要动手术。

"至于这个潘惠萍，伤人以后就躲起来了，我们一直没有找到她的行踪。直到半个月前，我们在一条小巷中发现了她的尸体。"

思炫听到这里微微抬起头，慢悠悠地问道："没有嫌疑对象吗？"

韩若寻摇头："当时我们对潘惠萍生前的熟人和亲戚都进行过深入调查，但却全部排除了作案可能。"

"所以，"思炫一边轻轻地扭动了一下脖子，一边问道，"你怀疑凶手是神血会的人？"

"是的。这个潘惠萍如此残忍，竟然向她的亲生母亲泼硫酸，法理不容。只是，警方暂时没有找到潘惠萍，无法把她绳之以法。于是我推测，神血会通过某些方法获知了潘惠萍的行踪，接着便滥用私刑，杀死了潘惠萍。"

"死因呢？"思炫问。

韩若寻嘴角一扬："勒毙！凶器是绳子。"

"哦?"

"而且,当时技术部的人根据潘惠萍颈部勒痕的位置,推测犯罪嫌疑人的身高在一米八左右。也就是说,"韩若寻快速地吸了口气,神色凝重地说,"杀死陈小娟和梁雯娣的犯罪嫌疑人,跟半个月前杀死潘惠萍的犯罪嫌疑人,无论是个人特征还是作案手法,都十分接近。"

"只是,"思炫补充道,"潘惠萍的颈部并没有被钉上蜘蛛。"

韩若寻颔首:"是的。"

思炫在心中微一琢磨,提议道:"比对一下绳子的纤维吧。"

"好的。"

韩若寻接纳了思炫的建议,马上给技术部的一名物证提取员拨打了一通电话。

"小龙,半个月前潘惠萍的那起案子,是你这边负责化验工作的吧?"

那物证提取员小龙答道:"是的,韩队。"

"当时你有在潘惠萍的颈部提取到勒毙她的那根绳子的纤维吧?"

"有呀。"

"你现在马上回局里去做个微量物证检验,比对一下从潘惠萍颈部提取的绳子纤维,以及从陈小娟、梁雯娣两人颈部提取的绳子纤维,看一下两者是否同一认定。"

"好,我马上回去!"

韩若寻挂断电话后,郑天威问道:"思炫,你认为杀死潘惠萍的凶手，也是这两天杀死了陈小娟和梁雯娣的'蜘蛛杀手'？"

"是。"思炫简短地答道。

郑天威微微皱眉："那'蜘蛛杀手'为什么没在潘惠萍的尸体上钉上蜘蛛呢？难道当时他买的蜘蛛还没到货，但他已急着要杀人？"

思炫没有回答郑天威的问题，而是向韩若寻问道："潘惠萍遇害的地点在哪里？"

"太白巷。"

"巷内有监控摄像头吗？"

韩若寻摇了摇头："没有，跟陈小娟以及梁雯娣遇害的地点一样，没有任何监控录像。"

"附近的街道呢？"

"嗯，太白巷巷口所在的街道确实有监控摄像头，当时我们也调取了那里的监控录像，只是没有发现。"

"监控有拍到潘惠萍走进太白巷的情景吗？"思炫追问。

"那倒是有的。"

思炫"哦"了一声，略一斟酌，淡淡地道："我要看一下监控录像。"

第五章　凶手

1

当下韩若寻、郑天威和慕容思炫三人连饭也不吃了，走出了餐厅，匆匆返回公安局。

途中韩若寻把当时所调取的太白巷巷口的监控录像的内容告诉了思炫：

监控录像显示，在七月二十八日晚上九点三十二分，潘惠萍从太白巷巷口走进了太白巷。

而在九点五十分左右，一对情侣在太白巷内发现了潘惠萍的尸体，并且立即打电话报警。

因此当时警方重点查看了太白巷巷口九点三十二分到九点五十分的监控录像。

在这十八分钟内，只有两个人进入太白巷。

第一个进入太白巷的人是一名老妇，身高不到一米六，经过核实，她是太白巷内的居民。由于她的性别、年龄和身高都跟犯罪嫌疑人的特征并不吻合，而且她跟死者潘惠萍没有任何交集，因此警方很快就排除了她的作案嫌疑。

第二个进入太白巷的则是一名黑衣女子，她的身高只有一米七左右，跟杀死潘惠萍的犯罪嫌疑人的身高也不吻合，所以警方也没有对这名女子展开深入调查。

韩若寻讲述完毕，郑天威接着他的话说道："当时我们认为凶手并非尾随潘惠萍进入太白巷的，而是早就在太白巷内埋伏的。"

韩若寻点了点头："后来我们经过调查，发现潘惠萍有一个姘头，他在太白巷内独居。潘惠萍向她母亲泼硫酸以后，就躲在那个姘头家中，只有晚上才偶尔外出，到附近的烧烤档吃夜宵——吃夜宵是潘惠萍多年的习惯。案发当晚，潘惠萍离开姘头家，就是为了到附近的烧烤档吃夜宵，结果回来的时候就遇害了。

"警方认为，犯罪嫌疑人显然是掌握潘惠萍的习惯和行踪的，因此犯罪嫌疑人并不是尾随潘惠萍进入太白巷的，而是提前进入太白巷，在潘惠萍回到姘头家的必经之路埋伏。由于我们并不清楚凶手是什么时候进入太白巷的，也不知道他是通过哪条小路进入太白巷的，因此无法对附近街道的监控录像展开筛查工作。"

此时三人已回到公安局，直奔监控机房，调取了七月二十八日晚上太白巷巷口的监控录像。

正如韩若寻所说，九点三十二分，一个短发女子走进了太白巷。

韩若寻指了指画面中的这个女子："这个人就是潘惠萍。"

思炫没有回答，紧紧地盯着监控画面。

接下来，在九点三十六分，一个老态龙钟的老妇走进了太白巷。这个老妇身材矮小，走路的时候颤颤巍巍，而且后来还证实了她确实是太白巷的居民，因此她跟潘惠萍之死有关的可能性微乎其微。

然后，到了九点四十二分，一名黑衣女子匆匆走进了太白巷。这名女子的身高看上去在一米七左右，而把潘惠萍勒毙的犯罪嫌疑人的身高则在一米八左右，且性别是男性，所以这名女子的嫌疑也不大。

就在此时，韩若寻收到了物证提取员小龙的电话。他立即接通了电话："小龙，有结果了吗？"

"是的！"小龙的语气有些激动，"韩队，是同一认定！在潘惠萍颈部提取到的绳子纤维，跟在陈小娟、梁雯娣两人颈部提取到的绳子纤维同一认定！勒死潘惠萍、陈小娟和梁雯娣的凶器，是同一根绳子，杀死她们三个人的犯罪嫌疑人，是同一个人！"

"我知道了，辛苦了。"

韩若寻结束通话后，把检验结果告诉了思炫和郑天威。

郑天威倒抽了一口凉气："这么说，潘惠萍果然也是被'蜘蛛杀手'杀死的？可是为什么'蜘蛛杀手'没在潘惠萍的颈部钉上蜘蛛呢？难道就像我刚才推测的那样，'蜘蛛杀手'在杀害潘惠萍的时候，他所买的蜘蛛还没到货？"

"也有可能是'蜘蛛杀手'带着一只蜘蛛去杀潘惠萍，结果在杀死潘惠萍以后，却发现带去的那只蜘蛛不小心弄丢了。"韩若寻猜想道。

郑天威双手一拍："对！这样的解释合情合理。潘惠萍在九点三十二分进入太白巷，而尸体在九点五十分左右就被发现了。'蜘蛛杀手'在杀死潘惠萍后，发现带去的蜘蛛丢了，马上回家再取一只，可是当他回来的时候，尸体已经被发现了，警方已经封锁了现场。"

他说到这里，看了看思炫："思炫，你觉得呢？"

思炫没有回答郑天威的问题，而是指了指正在播放监控录像的显示屏："你们不觉得那个黑衣女子走路的姿势有些奇怪吗？"

"哪里奇怪呀？"郑天威把视线转向显示屏，但却没发现黑衣女子走路的姿势有什么奇怪。

韩若寻则沉吟不语。

"她是同手同脚的。"思炫一语道出关键。

一般人在走路的时候，当踏出左脚之时，右手会随之向前摆动，而当踏出右脚之时，左手则会随之向前摆动。但是，有些人在踏出左脚的时候，却是左手随之向前摆动的，这种同手同脚的走路姿势，俗称"顺撇"或"顺拐"。

"哦？"韩若寻再次播放黑衣女子走进太白巷的监控画面，果然发现她走路的姿势是同手同脚的。

"她为什么要这样走路呢？"郑天威有些好奇地问。

"这种一种习惯，难以更改。"思炫轻轻地打了个哈欠，漫不经心地道，"昨天晚上，我们就见过一个同手同脚的女子。"

韩若寻"咦"的一声："谁呀？"郑天威也搔了搔脑袋，竭力回想自己昨晚见过什么人。

没等他细想，思炫已公布答案："林启信的女朋友胡庆华。"

"什么？"郑天威叫了一声，"你说真的？"

思炫向他白了一眼："说话前能先过过脑子吗？难道我在开玩笑吗？"

郑天威讪讪地道："你的意思是，半个月前潘惠萍被杀的时候，林启信的女朋友胡庆华也到过案发现场？她不会跟这起案件有什么关系吧？"

韩若寻沉吟了一下："无论是胡庆华还是监控画面中的黑衣女子，身高都只有一米七左右，跟勒毙潘惠萍的凶手的身高并不吻合。"

思炫淡淡地道："只要穿上一双十厘米左右的增高鞋，她的身高就有一米八了，她在穿着增高鞋的状态下把潘惠萍勒毙，事后警方根据勒痕的位置，便会认为凶手的身高在一米八左右。"

"可是，"郑天威质疑道，"虽然胡庆华和监控画面中的黑衣女子身高接近，而且都是同手同脚的，但这也有可能是巧合吧？"

"我刚才在大脑中比对了一下胡庆华走路的姿势和黑衣女子走路的姿势，两者相似度也高达百分之九十。"思炫过目不忘，昨天在爱琴海西餐厅吃饭的时候，就记住了胡庆华走路姿势的每一个细微动作。而且，他在自己的大脑中建立了一座记忆宫殿，只要看到特征物，便能瞬间调取相关记忆。

韩若寻自然没有怀疑思炫的记忆力，他点了点头："这么看来，确实有必要调查一下启信的女朋友了。"

2

接下来，韩若寻给林启信拨打了一通电话，并且打开了免提功能。

"韩队，怎么啦？"林启信很快就接通了电话。

"启信，不好意思，"韩若寻试探着说道，"打扰你和你女友看电影了。"

"没事，我没在看电影。"

"哦？你不是说今晚和你女友看电影吗？"

"她吃饭的时候忽然有些不舒服，好像还有点儿发烧，所以吃完饭我就把她送回家了。"

"那你现在在你女友家吗？"

"她睡了，我现在去给她买药。"林启信停顿了一下，有些疑惑地问，"韩队，怎么啦？"

"没什么，我打给你本来是想约你晚点儿出来讨论一下'蜘蛛杀手'那起案子的案情的。唔，你还是先照顾你女友吧，我们明天再讨论。"

"好的。"

韩若寻挂掉电话后，郑天威不解地问："韩队，你为什么不直接问一下林启信他女朋友的手机号码呀？这样我们就可以跟踪定位这个胡庆华的手机，随时掌握她的行踪了。"

韩若寻摇了摇头："万一胡庆华真的跟潘惠萍的案子有关，我们向林启信询问胡庆华的手机号码，而林启信事后又跟胡庆华提起这件事的话，我们不就打草惊蛇了吗?"

"噢，也对。"郑天威搔了搔头，"那我们要想其他办法查一下胡庆华的手机号码了。"

韩若寻微微一笑："傍晚的时候，她不是给林启信打过电话吗?"

郑天威双手一拍："对哦! 这样就可以查到她的号码啦!"

于是，韩若寻马上拨打了 L 市公安局局长魏京的电话，请求魏局长出具市公安局介绍信和调取证据通知书。

接着他向郑天威吩咐："老郑，你现在和慕容到运营商那里去查一下胡庆华的手机号码，查到以后打电话告诉我，我这边立即对她的手机进行跟踪定位。"

"好的，韩队。"

接下来，郑天威和思炫便来到了运营商 L 市总部，出示了相关材料，调取了林启信今天的通话记录，查到了胡庆华的手机号码。

此外，他俩还查到了胡庆华的一些基本信息：她是一九九四年出生的，身份证上登记的住址是城中花园第七幢701 房。

最让两人出乎意料的是，胡庆华身份证上的姓名竟然不是胡庆华，而是赵庆华!

"赵庆华?"郑天威双眉紧蹙，"林启信的女朋友的真名叫赵庆华? 可是为什么林启信说她叫胡庆华呢?"

思炫看了看郑天威："你不觉得赵庆华这个名字十分耳熟吗?"

"确实是呀。"郑天威搔了搔头,"是在哪里听过呢?"

"赵国枝的女儿,就叫赵庆华。"思炫记得曾在"蜘蛛杀手"侦查卷宗的访问笔录中见过赵庆华的名字。当他听林启信说他的女友名叫"庆华"的时候,便开始对她有所怀疑。

"啊?"郑天威这一惊实在非同小可,"林启信的女朋友,是赵国枝的女儿?'蜘蛛杀手',就是赵国枝的女儿?"

"现在还不能断言她就是'蜘蛛杀手',但她跟潘惠萍的案子肯定存在某种联系。"思炫推断道。

"我马上向韩队汇报一下这件事!"

郑天威说罢,立即打电话给韩若寻,把自己跟思炫的发现告诉了他。

"好的,我现在马上派人对赵庆华的手机进行跟踪定位。"

思炫一手拿过郑天威的手机,吩咐韩若寻道:"查一下赵庆华的手机号码所注册的淘宝账号最近的网购记录。"

郑天威满脸疑惑:"查她的网购记录干吗呀?"

手机另一端的韩若寻则已经想到了:"蜘蛛!"

3

韩若寻挂掉电话后,马上打电话给技侦部门的一名技术员:"小唐,我待会儿发一个手机号码给你,你马上帮我对这个号码进行跟踪定位,然后把它目前的位置告诉我。"

交代完毕后,他又匆匆来到网监支队办公室,找到了一名技术员:"阿灿,帮我查一下这个手机号码所注册的淘宝账号最近三个月的网购记录。"

"查这个需要山哥那边开具通知书呀。"阿灿所提到的"山哥"是网监支队的部门负责人。

"马上去办！"

半个小时后，阿灿拿到了调取证据通知书，立即联系淘宝的工作人员，调取了赵庆华最近三个月的淘宝购物记录。

在这个过程中，技侦部门的技术员小唐来电："韩队，你刚才发给我的手机号码，现在的位置在城中花园第七幢七楼。"技侦部门的定位精确度可达几米，而且还可以测出海拔。

"赵庆华身份证上登记的地址就是城中花园第七幢701房。"韩若寻心中暗忖，"她现在在家，看来她真的因为不舒服而回家休息了。"

接着他向小唐吩咐："继续定位她的手机号码，如果她离开城中花园，立即通知我。"

此时思炫和郑天威也回到了公安局，来到了网监支队的办公室。

"韩队，现在情况怎样啦？"郑天威急不可待地问。

"正在查。"

"查到了！"阿灿在电脑显示屏中打开了一个页面，"这就是这个淘宝账号最近三个月的网购记录。"

思炫快速地把所有网购记录扫了一眼，果然找到了一条购买蜘蛛的记录！

今年八月二日，赵庆华在一家专卖爬宠的店铺中花了六百五十元购买了一只成体的委内瑞拉红绿橙毛蜘蛛。

郑天威马上掏出笔记本，翻看了一下自己所记录的案情："钉在陈小娟尸体上的蜘蛛叫蓝宝石华丽雨林，钉在梁雯娣尸体上的蜘蛛叫橙巴布，没有这只红绿灯呀。"

思炫向他白了一眼："是红绿橙。"

韩若寻接着推测道："如果赵庆华真的是'蜘蛛杀手'，她自然不会所有蜘蛛都用同一个账号购买，这样太容易暴露了。"

思炫赞同韩若寻的分析："蓝宝石华丽雨林和橙巴布，她是用其他账号买的。这只红绿橙她是用自己的手机号码所注册的账号买的，所以应该是作为备用，在关键的时刻才会使用。"

"那现在我们要怎么做？"郑天威看了看韩若寻，"直接去抓她吗？"

韩若寻点了点头："先把她传唤回来吧。"

他话音刚落，技侦部门的小唐来电。韩若寻"咦"的一声，立即接通了电话："小唐，有情况？"

"韩队，那个手机刚离开了城中花园。"小唐汇报道。

"实时报告它的位置。"韩若寻快速地吸了口气，向郑天威和思炫看了一眼，煞有介事地道，"她或许又要去杀人了。"

"她不是发烧吗？怎么还去杀人呀？"郑天威冷齿一咬，"真的是一天杀一个呀？这简直是在挑衅我们整个刑警支队！"

"走吧，过去看看……"

韩若寻还没说完，思炫已径自走向网监支队办公室的大门。

4

三人立即离开公安局，根据小唐所报告的赵庆华的手机的实时位置，前往赵庆华所在的街道。

"如果赵庆华真的是赵国枝的女儿，那当年的案子就说得通了。"韩若寻一边开车一边说道。

"什么意思？"郑天威不解。

韩若寻分析道："假设当年杀死杨昕和钟雪璇的'蜘蛛杀手'就是赵庆华，案发以后，赵国枝无意中发现女儿养了三只蜘蛛，结合其他一些情况，他推测女儿就是'蜘蛛杀手'。他害怕警方会查到女儿头上，于是把女儿所养的三只蜘蛛扔到垃圾房，想要毁灭证据，没想到却被清洁工人发现了。

"翌日老郑和黄松去找赵国枝，赵国枝逃进了便利店，挟持了收银员。他让老郑和黄松离开便利店，他要先打个电话，再跟他俩回公安局。他的这个电话是打给谁的呢？自然就是打给女儿赵庆华，告诉她警察已经找上门来了，叫她马上逃跑。"

"原来是这样呀！"郑天威恍然大悟，"思炫，你之前的猜测是正确的，当时赵国枝叫我和黄松离开便利店，并不是为了逃跑，而是真的要打电话！"

此刻思炫蹲在座椅上，望着窗外那快速倒退的景物怔怔出神，没有回答郑天威，甚至瞧也没瞧他一眼。

这时候，小唐再次来电："韩队，那个手机在文兴路泰安四巷停下来了！"

"好，把具体位置发给我。"

此时韩若寻三人也在泰安四巷附近。数分钟后，三人走进泰安四巷，根据定位来到赵庆华的手机所在的位置，只见前方有两个女子。

其中一个女子躺在地上，一动也不动；另一个女子则背对着韩若寻等人，蹲在那躺在地上的女子身前，她的头上戴着一顶鸭舌帽，手上戴着一双橡皮手套，鞋子上则套着一个鞋套。

思炫一眼就看到了这个女子的手上拿着一个巴掌大小的圆形胶盒。

圆形胶盒里似乎装着一只黑色的蜘蛛！

韩若寻立即拔出手枪，对着那蹲在地上的女子喝道："警察！别动！"

那女子吓了一跳，回过头来。霎时间，众人都看清楚了，她正是林启信的女朋友赵庆华！

郑天威回过神来，快步走到赵庆华身前，取出手铐，把她的双手反铐，并且夺走了她手中的圆形胶盒，果然看到胶盒里装着一只黑色的大蜘蛛。

与此同时，思炫走到那躺在地上的女子身前，低头一看，那是一个三十来岁的女子，双目圆睁，面容扭曲。思炫弯下腰探了一下她的呼吸，摇了摇头："死了。"

韩若寻马上打电话回公安局请求增援。

郑天威向赵庆华看了一眼，有些难以置信地说："没想到轰动一时的'蜘蛛杀手'，竟然是个女人呀！六年前你才十来岁吧？为什么要杀人呀？"

赵庆华低头不语。

与此同时，思炫检查了一下地上的女尸："她的颈部有明显勒痕，而且头面部瘀血严重，窒息现象十分明显，死因应该是被勒毙，凶器是绳索。她还有体温，死亡时间应该不超过半个小时。"

郑天威点了点头，指着赵庆华，恨恨地道："她就是在我们进来这条小巷前片刻把这个女人勒死的，如果我们早两分钟进来，或许就能阻止她行凶了。"

思炫向赵庆华瞥了一眼："她的身上没有绳子。"

"是在我们进来前就把绳子丢掉了吧？"郑天威向赵庆华喝问，"说！凶器藏在哪里？"

赵庆华还是没有说话。

此时韩若寻也瞧出了端倪："她现在并没有穿上增高鞋，如果以她现在的身高勒死受害者，那么事后我们就可以推断出勒毙这个受害者的犯罪嫌疑人的身高，跟勒毙陈小娟和梁雯娣的犯罪嫌疑人的身高并不吻合。"

郑天威皱了皱眉："增高鞋和绳子都已经被丢掉了吧？"

"那她把绳子和增高鞋丢掉以后，为什么还要回来这里呢？"思炫反问。

郑天威晃了晃手中那个装着黑色蜘蛛的圆形胶盒："就是为了把这玩意儿钉在死者的脖子上。"

"那她为什么不先把蜘蛛钉到死者的脖子上，然后再去丢掉绳子和增高鞋？"思炫再次反问。

"我……我怎么知道这么多呀？"郑天威瞪了赵庆华一眼，气冲冲地问道，"喂！这是为什么呀？"

赵庆华仍然沉默不语。

思炫一步一步地走到赵庆华身前，面无表情地道："你根本不是'蜘蛛杀手'。"

5

赵庆华听到思炫的这句话，这才微微地抬起头，向思炫看了一眼。

郑天威"咦"了一声："不是她？那她为什么会在这里呀？手上又为什么会有一只蜘蛛呢？"

思炫慢条斯理地解释道："她确实想把这只蜘蛛钉在这个女人的喉咙上。在此之前，先后把蜘蛛钉在陈小娟和梁雯娣的尸体上的人，也是她，但她并没有杀人。"

韩若寻点了点头："就像启信所侧写的那样，杀人凶手是一个身高在一米八二左右的男性。"

他说到这里，看了看赵庆华："慕容说得没错吧？你只是把蜘蛛钉在死者的颈部，但并没有杀人，对吧？"

"嗯。"赵庆华这才低低地应答了一声。

"那么'蜘蛛杀手'到底是谁呀？"郑天威盯着赵庆华，问道，"你为什么会知道凶手要杀人？又为什么要在死者的颈部钉上蜘蛛？"

"我……"赵庆华欲言又止。

"这难道不是一目了然的吗？"思炫一字一顿地说，"杀死潘惠萍、陈小娟、梁雯娣和现在这个女人的凶手，就是赵庆华的男朋友林启信。"

6

此言一出，郑天威吃了一惊，韩若寻也微微一怔。

"林启信？"郑天威一脸匪夷所思的表情，"他为什么要杀这么多人呀？"

思炫淡淡地道："潘惠萍、陈小娟和梁雯娣被杀的动机，我们不是都已经查清楚了吗？"

韩若寻沉吟了一下："慕容，你的意思是，林启信杀死潘惠萍、陈小娟、梁雯娣等人的动机，就是为了所谓的替天行道？"

"是。"

郑天威向赵庆华问道："事到如今，你也没必要隐瞒了吧？说吧，'蜘蛛杀手'真的是你男朋友吗？"

赵庆华长长地叹了口气，幽幽地说："是的，启信就是'蜘蛛杀手'。"

"这件事到底是怎样的？"郑天威追问。

于是，赵庆华把事情的始末告诉了三人。

半个月前，赵庆华所在的保险公司派遣她到 G 市参加一个保险知识讲座。

讲座结束后，赵庆华没能赶上末班车，于是打电话告诉同居的男友林启信，她今晚在 G 市的宾馆过夜，明天再回去。

这时候，一个来自 L 市另一家保险公司的同行认出了赵庆华，他说自己是开车过来的，现在正准备开车回 L 市，可以顺路载上赵庆华。

于是赵庆华跟车返回 L 市，只是此时她的手机没电了，所以她并没有把这件事告诉林启信。

回到 L 市后，赵庆华直接回家，来到楼下的时候，却远远看到林启信外出。

当时已经是晚上十点多了。赵庆华觉得奇怪，林启信这么晚了还要去哪里呢？于是她打开手机，用最后的电量给林启信拨打了一通电话。

"启信，你在干吗呢？"

"我在家里看书呀。"

赵庆华心中一寒：林启信撒谎了！

他为什么要撒谎？他现在要去哪里？难道要去跟其他女人幽会？

"怎么啦？"林启信的话打断了赵庆华的胡思乱想。

赵庆华回过神来，也撒了个谎："没什么，我到宾馆了，正准备睡觉。"

"好咧，自己小心一些，把门反锁。"

"知道了。"

挂掉电话后，赵庆华偷偷地跟在林启信身后。

她跟着林启信来到了太白巷。她远远地监视着林启信，只见林启信在一间平房附近似乎在等候着什么。

过了半个小时，只见一个四十岁左右的女子从那间平房走了出来。

林启信悄悄地跟着那个女子，而赵庆华则悄悄地跟踪着林启信，便如螳螂捕蝉，而黄雀在后。

　　只见那个女子来到附近的一个烧烤档，要了几串烤肉。

　　过了一会儿，一个四十来岁的男人来到烧烤档，和那女子一起回到了太白巷。

　　林启信再次跟着他们，直到看到他俩走进平房，这才离开了太白巷。

　　赵庆华觉得十分奇怪。林启信到底为什么要跟踪这个女人呢？难道他跟这个女人之间有什么不可告人的秘密？

　　为了查清楚林启信跟这个女人的关系，翌日，赵庆华偷偷在林启信的手机中开启了定位功能，这样一来，她便可以随时掌握林启信的行踪。

　　第二天晚上，林启信跟赵庆华说他约了朋友打球，接着便独自离家外出。然而赵庆华却通过定位发现他根本不是去球场，而是再次前往太白巷。

　　赵庆华匆匆来到太白巷，走了进去（太白巷巷口的监控录像拍到了赵庆华进入太白巷的情景）。

　　结果，赵庆华在太白巷中发现了两天前林启信所跟踪的那个女子的尸体。

　　赵庆华这一惊实在非同小可。她定了定神，猜测杀死这个女子的人就是林启信。前天晚上林启信之所以跟踪这个女子，就是为了寻找杀死她的机会，只是后来因为这个女子跟一个男人一起回家，所以林启信暂时没有动手。

　　赵庆华还在思索，只见一对情侣向自己所在的方向走来。赵庆华知道他们很快就会发现那女子的尸体，于是匆匆离开现场，从一条小路离开了太白巷。

第二天，赵庆华在微博上看到新闻，得知林启信所杀死的这个女子名叫潘惠萍。她还知道这个潘惠萍在一个多月前曾向母亲泼硫酸，在遇害前，一直被警方通缉。

赵庆华明白了，林启信杀死这个潘惠萍，是要替天行道。

赵庆华认真阅读了相关新闻，觉得这个潘惠萍真是死有余辜。

她甚至有些认同男友的做法。所以，她并没有向警方举报林启信。

接着，她还想到了一件事：林启信接下来还会杀人吗？还会杀死像潘惠萍这种死不足惜的人渣吗？

如果会，她倒想利用林启信的杀人行为做一件事。

她用假身份证到一些没有监控的报纸亭买了几张手机卡，注册了几个淘宝账号，分别买了五只蜘蛛。

这五只蜘蛛分别是：蓝宝石华丽雨林、橙巴布、巴西所罗门、油彩粉红趾和委内瑞拉红绿橙。

其中委内瑞拉红绿橙是她用自己原来的手机号码所注册的淘宝账号所买的，留作备用。

然而接下来这几天，林启信却毫无动静。

直到八月六日晚上，赵庆华通过定位得知林启信前往文莱巷。她以为林启信又要杀人了，于是带上了那只蓝宝石华丽雨林捕鸟蛛的尸体，匆匆来到文莱巷，监视着林启信，却发现他只是在观察着一间棋牌室的门口，没有下一步行动。赵庆华猜测林启信在踩点。

到了前天晚上，赵庆华发现林启信前往太平二巷，于是再次带上那只蓝宝石华丽雨林捕鸟蛛，匆匆来到太平二巷，果然在这里发现了一具尸体。

这个在太平二巷中被杀的女子，自然就是人贩子陈小娟了。

林启信又杀人了。赵庆华看了看自己带来的蜘蛛，心情有些激动。

我的计划终于可以开始进行了！

当然，此时赵庆华戴着橡皮手套，鞋子上也套着鞋套，确保不在案发现场留下自己的指纹和足印。

她把那只蓝宝石华丽雨林捕鸟蛛从圆形胶盒中取出，用钉子钉在了陈小娟的脖子上。

昨天晚上，赵庆华发现林启信前往此前踩过点的文莱巷，于是带上了那只橙巴布捕鸟蛛的尸体来到文莱巷，果然又发现了一具女尸。

这次被林启信杀死的女子，就是"毒保姆"梁雯娣。

于是赵庆华故技重施，把带来的橙巴布钉在梁雯娣的脖子上。当然，和前天晚上一样，她戴上了手套，套上了鞋套，所以没有在案发现场留下任何线索。

今天晚上，赵庆华本来跟林启信约好饭后一起去看电影，可是在餐厅吃饭的时候，赵庆华却觉得自己有些发烧。于是两人取消了看电影，林启信把赵庆华送回家中。

赵庆华服下退烧药以后，上床休息，林启信说他回公安局加班，离家而去。

然而赵庆华通过定位却发现林启信根本不是回公安局，

而是前往泰安四巷。

她知道林启信又要杀人了，于是在发烧的状态下，仍然拿着那只巴西所罗门食鸟蛛的尸体，来到了泰安四巷。

果然，她在这里又发现了一具女尸。

可是，她还没来得及把蜘蛛钉在女尸的脖子上，韩若寻、郑天威和慕容思炫三人就已到达。

7

赵庆华讲述完毕，吁了口气。

郑天威回过神来，问道："你为什么要在这些死者的脖子上钉上蜘蛛呢？这样做有什么寓意吗？"

赵庆华还没回答，思炫没好气地道："能不能不要问这种答案显而易见的问题？"

郑天威"哼"了一声："有话就说，不要反问！"

韩若寻看了看赵庆华，淡然问道："你这样做，是为了你爸赵国枝吧？"

赵庆华"咦"了一声："你们都知道了？"她这样说，自然就是承认自己确实是赵国枝的女儿了。

"为了赵国枝？什么意思？"郑天威还是不解。

韩若寻解释道："五年前，警方向外界宣告'蜘蛛杀手'是赵国枝，可是赵庆华深信自己的父亲是无辜的，认为杀死杨昕和钟雪璇的凶手仍然逍遥法外。她时刻想要提醒警方'蜘蛛杀手'尚未归案，想要警方逮捕'蜘蛛杀手'，还她父亲一个清白。

"五年后的现在，这个机会终于来了，她发现自己的男友林启信暗地里在杀死一些罪有应得的人，于是便顺水推舟，购买了一批蜘蛛，并且在这些死者的脖子上钉上蜘蛛，想要让警方认为凶手是当年的'蜘蛛杀手'，以引起警方的重视，让警方翻查'蜘蛛杀手'的案件。"

他说到这里，转头看了看赵庆华："对吗?"

赵庆华微微地点了点头，低声答道："是的。"

韩若寻苦笑了一下："你成功了，我们确实重建了专案组，翻查'蜘蛛杀手'的案件了。"

赵庆华苦笑了一下，没有答话。

韩若寻接着说："而且，我研究过'蜘蛛杀手'一案的侦查卷宗，发现当时的侦查确实存在不少疑点。我认为，当时杀死杨昕和钟雪璇的'蜘蛛杀手'，确实不是你的父亲赵国枝，而是另有其人。你放心吧，这起案子，我会彻底查清楚的。"

赵庆华双眼一湿，脸上露出了感激的表情："谢谢，谢谢你。"

就在此时，赵庆华的手机响了起来，但她此时双手被反铐，无法取出手机。

郑天威看了看韩若寻，韩若寻点了点头。于是郑天威给赵庆华打开了手铐。

赵庆华取出手机，看了一下来电显示，竟然是林启信打过来的。

"打开免提。"韩若寻命令道。

赵庆华点了点头，接通了电话，并且打开了免提功能:

"启信？"

手机中传来了林启信的声音："庆华，你现在跟韩队他们在一起吧？"

赵庆华"咦"了一声："你说什么呀？"

林启信笑了一声："庆华呀，你不会到现在还以为我不知道你在跟踪我吧？"

赵庆华秀眉一蹙："你一直知道？"

"前天晚上我杀死陈小娟的时候，并没有在她的脖子上钉上蜘蛛，可是后来警方却发现她的颈部被钉上了一只蜘蛛，当时我就知道，钉上蜘蛛的人，肯定是知道我的行踪的人。于是我查看自己的手机，果然定位功能开启了。可以开启我手机定位功能的人，就只有你了。于是，我便对你进行反监视，在你的手机中也安装了监听软件，这样不仅可以随时知道你的行踪，还能随时听到你的手机周围的响声。"

"这……"赵庆华不得不承认，还是男友棋高一着。她本以为林启信是螳螂，而自己则是螳螂身后的黄雀，没想到原来林启信竟是伪装成螳螂的猎人。

韩若寻索性取过赵庆华手上的手机，对林启信道："林启信，你杀死潘惠萍、陈小娟和梁雯娣的动机，就是为了地下执法，对他们实施'制裁'？"

"对啊。"林启信爽快地承认了，接着又道，"我今晚杀死的人叫莫玲，她跟潘惠萍等人一样，做过一些天理不容的事，死不足惜。对了，让慕容思炫跟我说两句吧。"

韩若寻看了看思炫。思炫接过手机，但没有说话。

"慕容思炫，你们确实猜对了，"手机中再次传来林启信的声音，"对潘惠萍、陈小娟、梁雯娣和莫玲这四个罪人实施制裁的人，确实来自神血会。"

思炫斜眉一蹙："你是霍星羽的继承者？"

"对！"林启信的语气中掠过一丝自豪，"我是神血会的成员之一，外号'夜游'。"

夜游神，乃夜间四处游荡巡行的凶神，与日游神轮值，监督着人间的善恶。

"林启信，你竟然认同神血会那套荒唐的理念？"韩若寻冷然道。

"荒唐？难道真正荒唐的不是法律吗？潘惠萍虐待亲生母亲，导致母亲毁容、失明，你们却迟迟没能把她逮捕归案；陈小娟贩卖儿童，害得不少家庭支离破碎，却一直逍遥法外，还准备贩卖更多孩子；梁雯娣毒杀了八个老人，你们却懵然不知。"林启信义正词严地道，"法治不彰，这个社会需要我们神血会的正义审判！"

韩若寻没有答话。

林启信吸了口气，接着说："慕容思炫，不对，或许叫你'反神会的继承者'会更亲切一些，呵呵。你是反神会的继承者，我则是神血会的继承者，接下来的战斗中，就让我们代替我们的老师们分个胜负吧。"

"无聊，"思炫一脸冷漠地答道，"小孩才分胜负。"

"哦？"林启信饶有兴致地问道，"那成人呢？"

"成人分为正常和弱智。"思炫冷冷地道，"像你这种竟然认同霍星羽的杀人理念的人，就是属于弱智那边的。"

没等林启信答话，思炫便挂断了电话。

接下来，韩若寻马上打电话给技侦部门的小唐，让他对林启信的手机号码进行跟踪定位。然而片刻以后小唐却回电告诉韩若寻，林启信已经关机了。

第六章　保护

1

翌日上午，"蜘蛛杀手"专案组的组员们都来到了会议室，准备召开案情分析会。

郑天威和慕容思炫自然也参与了这次会议。

至于侧写师林启信，当然就不会再出现了。

会议开始后，韩若寻首先对小刘吩咐道："小刘，你先汇报一下昨晚在泰安四巷发生的谋杀案的情况吧。"

"好的，韩队。"小刘清了清嗓子，开始汇报，"昨天晚上，在本市文兴路泰安四巷，一名女性遇害。尸体的发现者是韩队、郑警官和慕容老师。死者名叫莫玲，三十六岁。她的死亡原因是被绳子勒毙。经过技术部的同事鉴定，在莫玲颈部提取到的绳索纤维，跟在陈小娟和梁雯娣的颈部提取到的勒毙她们的绳索的纤维同一认定。也就是说，陈小娟、梁雯娣和莫玲，都是被同一根绳子勒毙的。"

韩若寻点了点头，又对访问组的老傅道："老傅，你们已经走访过莫玲的社会关系了吧?"

"是的。"老傅答道。

"简单说一下。"

老傅翻开调查访问记录,开始讲述:"根据调查,四年前,莫玲和丈夫离婚,独自带着当时两岁多的儿子。两年前,莫玲再婚。她的第二任丈夫也带着一个一岁多的儿子。两人结婚后,莫玲的丈夫到外地打工去了,而莫玲则在家中照顾着两个孩子。

"两个月前,莫玲那个三岁多的继子被烫伤了。事情是这样的:当时莫玲准备帮继子洗澡,她在澡盆里接了热水后,还没兑凉水,却接到一通电话。在莫玲接电话的过程中,继子自己脱掉衣服跳进澡盆洗澡,结果被严重烫伤,烫伤的面积高达百分之六十八。"

不少已经为人父母的刑警听到这里,都摇头叹息。

郑天威也低声说道:"所以呀,看孩子真的要时刻打起十二分精神呀,哪怕是在家里,也会随时发生意外呀。"

思炫此时正在玩一个九连环,头也不抬地道:"你还真以为那孩子是意外烫伤的?"

郑天威"咦"了一声:"什么意思?"

与此同时,老傅继续讲述:"出事以后,莫玲立即联系在外地打工的丈夫,可是丈夫的手机停机了,一直联系不上。继子被送到医院接受治疗,莫玲无法承担巨额治疗费用,于是通过网络募捐平台向社会求助,并且得到了网友的慷慨相助。据统计,到目前为止,她总共收到了十八万元的善款。现在,她的继子还在医院接受治疗,她负责在医院照顾继子，而她自己的儿子则到她姐姐家中暂住。唔，基本情况就是这些了。"

韩若寻"嗯"了一声，对众人道："接下来，我想让大家听一段音频。"

众人一脸好奇：韩队要让大家听什么音频呢？会不会跟莫玲被杀的案子有关呢？

只见韩若寻取出手机，打开了一个音频文件。众人屏住呼吸，会议室内鸦雀无声。

数秒以后，只听一个女子的声音从手机中传出："阿玲，现在筹到多少钱啦？"

韩若寻把音频暂停了，对众人解释道："这个人是莫玲的姐姐。"

众人纷纷点头。郑天威眉头一蹙，喃喃地道："韩队怎么会有莫玲姐姐说话的音频呢？"

思炫没有理他，还在玩着九连环。此时他已解开了四个圆环。

韩若寻继续播放音频。

"差不多十六万啦。"另一个女子的声音从手机中传出来。

韩若寻再次把音频暂停，解释道："这个人则是本案的受害者莫玲。"

看来这段音频是莫玲和她姐姐的某次谈话。她们在这次谈话中谈了一些什么？跟莫玲被害的案子有关吗？众人竖起耳朵，侧耳细听。

韩若寻再一次播放音频，只听莫玲接着说道："唉，这几天网友们的捐款越来越少了，我估计已经差不多到头了。"

"你待会儿回到医院，给皓明拍几张照片，注意要拍一下他的伤口，然后发到微博上，那些网友看到新照片，应该又会掏腰包了。"莫玲的姐姐笑着说。

众人听到这里，都倒抽了一口凉气。

"希望吧。"莫玲叹了口气，"唉，虽然我收到差不多十六万，但至少有五六万是真的给那臭小子治疗用的，我实收的钱也就十万左右呀。今天医院又下达了欠费通知书，现在我们已经欠医院两万多了，把这钱交了以后，我就只剩下八万块了。"

"确实不多呀，你冒着被发现的危险把那小子推到热水澡盆里，最后却只能赚这区区几万块，真不划算呀！"

霎时间，会议室内响起阵阵讨论声，其中还夹杂着一些惊呼声和唾骂声。

"不会吧？"郑天威也傻了眼，"这两个女人……太狠毒了吧？"

思炫对此没有发表意见，还在专心致志地玩着九连环。此时他已经解开了七个圆环了。

韩若寻双掌下压，示意大家安静。

手机中继续传出莫玲的声音："要不我跟网友说，钱已经花光了，皓明马上就要被迫出院，被迫停止治疗，这样他们或许又会捐钱了。"

莫玲的姐姐否定了莫玲的想法："这样的话，医院那边的人也会爆料，说实际治疗费只有几万块，到时候网友就不会再相信你了，甚至会对于这场'意外'产生怀疑。"

"姐，那我该怎么办呀？梓言马上要上小学了，我想给他找一所好一些的小学，到时候又是一笔不小的开支呀。"莫玲的语气有些愤愤不平，"那些钱我要留着给我儿子花呀，怎么能被那个臭小子给败光了？"

"这样吧，我回去再好好想想办法，想到办法以后再告诉你。好了，时间差不多了，我要走了。"

"嗯，我送你吧。"

音频至此结束，会议室内众人的表情或愤怒，或鄙视，均对莫玲和她姐姐的恶毒行为咬牙切齿。

此时思炫也已经解开了九个圆环，只见他把九连环收了起来，大大地伸了个懒腰。

"现在大家明白凶手杀死莫玲的动机了吧？"韩若寻朗声道，"此前遇害的陈小娟和梁雯娣，还有昨晚遇害的莫玲，都做过一些天理不容的事，这就是凶手杀害她们的动机。"

他顿了一下，接着说道："此外，你们应该对半个月前潘惠萍被杀的案子还有印象吧？那起案子至今尚未侦破。昨晚我让技术部的小龙把半个月前从潘惠萍颈部提取的绳子纤维，跟从陈小娟和梁雯娣两人颈部提取的绳子纤维比对了一下，结果是同一认定！也就是说，杀死潘惠萍、陈小娟、梁雯娣和莫玲的凶手，是同一个人。"

此言一出，众人又议论起来。

片刻以后，一名刑警向韩若寻提出了疑问："韩队，那为什么凶手没在潘惠萍的颈部钉上蜘蛛？"

韩若寻轻轻地吁了口气："实际上，我已经知道这个杀人凶手是谁了。"

众人不约而同地把目光聚到韩若寻身上。

韩若寻微微地摇了摇头："杀死潘惠萍、陈小娟、梁雯娣和莫玲这四个人的凶手，就是此前我邀请加入专案组的侧写师林启信。"

他的这句话让会议室内的众人一下子炸开了锅。

接下来，韩若寻把林启信是来自神血会的"夜游"，林启信如何杀死潘惠萍、陈小娟、梁雯娣和莫玲四人，林启信的女友、赵国枝的女儿赵庆华为了提醒警方翻查"蜘蛛杀手"的案件而在陈小娟等人的尸体上钉上蜘蛛，昨晚在莫玲被杀现场赵庆华又如何被当场发现等事，一五一十地告诉了众人。众人听得目瞪口呆。

"接下来，我会申请发布通缉令，全力逮捕林启信归案。由于林启信已经杀死了四个人，是个极度危险的人物，所以我决定启动重案应急机制，在抓捕他的过程中，各位手足如果需要，可以随时通过我这边调动市区内的所有警力增援。"

韩若寻说到这里，稍微停了一下，吸了口气，最后说道："虽然这次杀害潘惠萍、陈小娟、梁雯娣和莫玲四人的犯罪嫌疑人林启信，跟当年杀死杨昕和钟雪璇的'蜘蛛杀手'无关，但我仍然认为，当年的'蜘蛛杀手'并非赵国枝，所以我们专案组还要继续调查'蜘蛛杀手'的案件，争取把当年杀死杨昕和钟雪璇的'蜘蛛杀手'尽早逮捕归案！"

2

案情分析会结束后，思炫走到韩若寻身前。

"怎么啦，慕容?"韩若寻猜到思炫找自己有事。

"我要再跟赵庆华聊一聊。"

韩若寻点了点头："走吧，我和你一起去。"

两人来到审讯室，见到了赵庆华。

赵庆华似乎十分疲惫，双眼布满血丝。她听到开门声，微微抬头，向韩若寻和思炫看了一眼，但没有说话。

两人坐下后，韩若寻首先说道："赵小姐，今天早上专案组已经开过会了，我们会继续调查当年'蜘蛛杀手'的案子，一定会还你父亲一个清白的。"

赵庆华微微颔首，淡淡地道："谢谢。"

"对了，你为什么会改名叫胡庆华的?"

赵庆华轻轻地叹了口气："我父亲出事的时候，我正在读高中，父亲出事以后，同学们都知道我的爸爸就是'蜘蛛杀手'，我在原来的学校实在待不下去了，于是我妈帮我找到了一间新学校，让我转学。为防万一，我还改成了我妈的姓，以免新学校的同学看到我的姓跟赵国枝的姓一样，结合我转学过来的事，会猜到我是赵国枝的女儿。当然，当时我们只是跟校方说明情况，暂时改姓，但我身份证上的姓名一直没有更改。"

"原来是这样呀。"韩若寻看了看思炫，"慕容，你是有问题要问赵小姐吗?"

思炫看了赵庆华一眼，淡然问道："在你父亲被击毙前一晚，即他把那三只蜘蛛拿到垃圾房扔掉的时候，你在哪里?"

赵庆华微一凝思，答道："应该是在学校上晚自习。"

"当时你几岁？"韩若寻补充问道。

"十七岁，在读高二。"

思炫接着问："是在学校住宿吗？"

赵庆华摇了摇头："不是的，我家离学校比较近，我每天下午放学后都会回家吃饭，然后再回学校上晚自习。"

"你是怎么回学校的？"

"一般是我爸开车送我过去的。"

思炫略一斟酌，又问："几点开始上晚自习？"

"好像是七点半吧。"

"几点结束？"

"我印象中是九点半。"

"晚自习结束以后，也是你爸来载你回家吗？"

赵庆华点了点头："我爸是出租车司机，每天吃完晚饭，开车把我送到学校后，他便会在街上转悠，寻找乘客，直到我晚自习结束的时候，再到学校接我回家。"

她说到这里，眼睛有些湿润，幽幽地说道："爸不在以后，我就再也没乘坐过出租车了，我怕触景伤情。"

思炫没有理会赵庆华此时的感伤，因为他知道代入情感只会阻碍他接近真相。他继续问道："在你父亲扔掉蜘蛛的那天晚上，他来接你放学的时候，有什么异常的地方吗？"

"异常的地方？应该没有呀。"赵庆华眉头紧锁，思索片刻，"对了，我记得那晚他好像晚到了二十分钟，我在学校门口等了好一会儿他才来到。"

韩若寻微微凝思，说道："当时他把蜘蛛拿到白环街的垃圾房扔掉，所以耽搁了一些时间吧。"

思炫紧紧地盯着赵庆华的双眼，又问："你坚信你父亲不是'蜘蛛杀手'，对吗？"

"是！"赵庆华的回答坚定无比，没有丝毫犹豫。

"那么，"思炫接着问，"你认为他为什么会养着那三只蜘蛛？"

"可能是当宠物养吧。"赵庆华的语气有些不肯定，她顿了一下，接着补充道，"我在网购蜘蛛之前，曾到过蜘蛛和捕鸟蛛的贴吧查看资料，想要了解一下蜘蛛的饲养技巧，却发现原来现在有很多人购买蜘蛛当宠物。我想我爸当时就是买了三只蜘蛛当宠物，后来发生了'蜘蛛杀手'的案件，他害怕别人因为他家里有三只蜘蛛而对他产生怀疑，所以就想把那三只蜘蛛偷偷扔掉。"

"在此之前，你知道你爸在养蜘蛛吗？你有在家里见过这些蜘蛛吗？"思炫又问。

"我……"赵庆华有些犹豫。

"赵小姐，我希望你可以对我们实话实说，不要有任何隐瞒，这样有助于我们尽快查出真相。"韩若寻提醒道。

赵庆华点了点头，答道："没有，我从来没有在家里见过这些蜘蛛。"

"如果你爸真的把这三只蜘蛛当成宠物，那么为什么要藏起来，不让你看到？"

"我……我不知道。"赵庆华的表情有些茫然，"可能他担心我或我妈害怕蜘蛛吧。"

思炫沉吟数秒，又问："当时你家里有几个人？"

"我是独生女，当时家里只有四个人，我爸和我妈，还有我的奶奶，以及我。"赵庆华说到这里，神色有些悲伤，"两年前奶奶也走了，现在家里就只剩下我和我妈两个人了。"

"当时你在哪所学校读书?"思炫接着问。

"市三中。"

思炫"哦"了一声，转头看了看韩若寻:"问完了。"此时他已获得了不少跟事件相关的"拼图"，他的大脑中正在把这些"拼图"组合起来，希望可以尽快还原出真相。

韩若寻点了点头:"好的，那我们走吧。"

两人站起身子，正准备离开审讯室，赵庆华叫了声:"韩队长。"

韩若寻回过头来:"怎么啦?"

赵庆华咬了咬嘴唇，用极为坚定的语气说道:"请你相信我，我爸真的不会杀人!"

韩若寻颔首:"赵小姐，你放心吧，我会查清楚他藏着那三只蜘蛛的原因的。"

"嗯，谢谢。"赵庆华由衷地说道。

韩若寻和思炫走出审讯室后，一直在审讯室外等候的郑天威便快步走过来，迫不及待地问道:"韩队，她说了些什么?"

"走吧，"韩若寻拍了拍郑天威的肩膀，"到我办公室再谈吧。"

3

三人来到韩若寻的办公室。

韩若寻有些感慨，苦笑道："之前我们三个，还有启信，四个人在这里讨论案情，现在却只剩下我们三个了。"

"我倒希望他现在也在。"思炫冷不防说道。

"为什么?"郑天威不解。

"这样就可以直接抓他了。"

"呃?"郑天威苦笑了一下，接着又说，"说起来，这个林启信的胆子还真够大的! 明明他自己就是杀死陈小娟的凶手，明明他自己的身高就是一米八左右，他在侧写犯罪嫌疑人的时候，竟然也敢实话实说，说什么犯罪嫌疑人是一米八二左右的年轻男性，这不是跟他自己的特征完全吻合吗?"

思炫向郑天威瞥了一眼："犯罪嫌疑人的身高，是痕迹检验员通过勒痕的位置判断出来的，这是客观事实，他只能这样说。"

"慕容，"韩若寻看了看思炫，"刚才赵庆华的话，你怎么看?"

思炫还没回答，郑天威便好奇地问："赵庆华说过什么?"

于是韩若寻把刚才他和思炫对赵庆华询问的内容简略地告诉了郑天威。

郑天威听完以后，向思炫问道："思炫，你问她这些问题，有什么用意呀?"

思炫没有回答，慢条斯理地从口袋中掏出一盒 TicTac 糖，礼貌性地向韩若寻问道："要不要？"

韩若寻摇了摇头："不用了。"

郑天威则伸出了手："我要！"

思炫向郑天威瞪了一眼，接着很不情愿地倒出一颗，扔到郑天威的手上。

"多来几颗嘛！"郑天威笑道。

思炫却不再理他，从盒子里倒出十多颗 TicTac 糖，一股脑儿扔到自己嘴里，一边大口大口地咀嚼，一边说道："现在的关键是，赵国枝开车把赵庆华送到学校上晚自习的时候，那三只蜘蛛是否在他的车上。"

"应该在吧。"郑天威推测道，"难道他在把赵庆华送到学校上晚自习后，又回家取那三只蜘蛛，然后再拿到白环行的垃圾房扔掉吗？他没必要这样多此一举吧？所以他在把赵庆华送到学校上晚自习的时候，那三只蜘蛛应该就在他的汽车里了，唔，可能是在尾箱里吧。"

思炫摇了摇头："赵庆华开始上晚自习的时间是七点半，如果当时那三只蜘蛛就在赵国枝的车上，他为什么不直接前往垃圾房，把蜘蛛扔掉，而要等到九点左右才到垃圾房把蜘蛛扔掉，导致接女儿放学的时候迟了二十分钟？"

"这么说，难道他真的回家拿蜘蛛去了？"郑天威搔了搔头，"可是，为什么要这么麻烦呢？对了，他送赵庆华回学校的时候，是和赵庆华一起出门的，他怕如果带上蜘蛛，哪怕装在袋子里，也会引起赵庆华的注意……"

韩若寻忍不住打断了郑天威的话："慕容的意思是，那三只蜘蛛，赵国枝不是从自己的家里拿出来的。"

"什么？"郑天威一脸诧异。

思炫点了点头："是的，那三只蜘蛛根本不是赵国枝的，本来也不是放在赵国枝家里的，所以赵庆华从来没有见过。当晚，赵国枝把赵庆华送到学校上晚自习后，就开着出租车前往某个地方，取走了那三只蜘蛛，然后再拿到白环街的垃圾房扔掉。由于那个地方距离市三中比较远，所以赵国枝在前往那个地方拿到了蜘蛛，接着又来到白环街的垃圾房的时候，已经是晚上九点左右了。"

"问题是，"韩若寻喃喃地道，"赵国枝到底是在哪里拿到这三只蜘蛛的呢？"

郑天威吁了口气："可惜现在已经无法查到五年前的街道上的监控录像了，否则我们就可以知道赵国枝在把赵庆华送到学校后，曾经开车去过什么地方。"

思炫在心中琢磨了一下，对韩若寻道："接下来，我和郑天威去走访一下赵庆华的母亲吧。"

赵庆华的母亲，便是赵国枝的妻子。对于赵国枝扔掉三只蜘蛛的事，她会不会知道内情呢？

韩若寻点了点头："可以，你们去吧。"

"对了……"离开办公室前，思炫回头看了看韩若寻。

"咋啦？"韩若寻有些好奇。

思炫一本正经地道："你上次答应在破案后送给我的那些糖，我觉得你现在可以先送我其中一部分了，毕竟我已经揭穿了'新蜘蛛杀手'的身份。"

韩若寻笑了笑："没问题，我待会儿先买一份寄到你家里，等你揪出'蜘蛛杀手'以后，我再买一份送给你。"

"一言为定。"思炫说罢，不再多瞧韩若寻一眼，也没有跟郑天威打招呼，径自走出了办公室。

4

在前往赵庆华家的途中，郑天威一边开车一边问道："有个问题我真想不明白：赵国枝既然不是'蜘蛛杀手'，当时看到我和黄松，为什么要逃跑呢？为什么要挟持便利店的收银员呢？跟我们把事情解释清楚不就可以了吗？"

"他挟持着收银员的时候，曾说要打个电话，之前我们讨论过了，他确实是想打电话，问题是，"思炫脑袋微转，看了看郑天威，"他到底要打给谁呢？"

"之前我们误以为'蜘蛛杀手'是赵庆华，还以为赵国枝是要打电话通知女儿逃跑，但原来赵庆华跟案件无关。"郑天威摇了摇头，"现在我也不知道他当时到底是想打给谁了。"

思炫一字一字地说："他是想打给那三只蜘蛛的主人。"

"什么？"郑天威诧然道，"蜘蛛的主人？"

"这些蜘蛛的主人，很有可能就是当年杀死杨昕和钟雪璇的'蜘蛛杀手'。"

"啊？"郑天威心头一震。

思炫咬了咬自己的手指，有条不紊地分析起来："这个'蜘蛛杀手'总共买了五只蜘蛛，在杀死了杨昕后，他在杨昕颈部钉上了一只墨西哥红膝鸟蛛，而在杀死钟雪璇后，他又在钟雪璇颈部钉上了一只智利火玫瑰捕鸟蛛，至于剩下那三只蜘蛛，他则暂时放在自己家里。

"赵国枝跟'蜘蛛杀手'是认识的，他无意中发现了'蜘蛛杀手'藏起来的蜘蛛，因此知道对方是'蜘蛛杀手'。他不想'蜘蛛杀手'一错再错，继续杀人，打算丢掉'蜘蛛杀手'剩下的那三只蜘蛛。

"那天晚上，赵国枝把赵庆华送到学校上晚自习后，便开车来到'蜘蛛杀手'的家中，偷偷取走了那三盒蜘蛛，并且拿到白环街的垃圾房扔掉。由于'蜘蛛杀手'的家距离赵庆华的学校很远，所以当赵国枝把蜘蛛拿到白环街的时候，已经是晚上九点了，这导致他后来在接赵庆华放学的时候迟了二十分钟。"

郑天威一边听一边竭力思考，此时终于跟上了思炫的思路："第二天他在挟持那个收银员的时候跟我们说他要先打个电话，再跟我们回去，他就是要打给'蜘蛛杀手'，向他通风报信?"

思炫颔首："是的，他要通知'蜘蛛杀手'赶快逃跑，然后再跟你们回公安局。只要'蜘蛛杀手'逃掉了，那么哪怕他在接受你们的询问时露出破绽，暴露了'蜘蛛杀手'的身份，也不用担心'蜘蛛杀手'被逮住。"

在思炫的推理之下，真相逐渐浮出水面。郑天威定了定神："没想到赵国枝竟然认识真正的'蜘蛛杀手'呀，难怪当时我们一进便利店，他便冲着我们大声叫：'我不是'蜘蛛杀手'！我没有杀人！'"

"而且，"思炫打了个哈欠，慢条斯理地补充道，"他跟

'蜘蛛杀手'的关系非比寻常，他为了保护'蜘蛛杀手'，可谓煞费苦心。"

郑天威微微点头："看来有必要再深入调查一下赵国枝当时的社会关系了。"

5

不一会儿，郑天威和慕容思炫来到了赵庆华家，见到了赵庆华的母亲。

赵庆华的母亲名叫胡春秀，看上去五十岁左右，面容温静，神色平和。

当郑天威向她表明身份后，她一脸担心地问："郑警官，我女儿什么时候可以回家呀？"

"赵太太，你放心吧，只要我们查清楚她确实跟那几起案件无关，她就可以回来了。"郑天威安慰道。

"肯定无关呀，我女儿怎么会杀人呢？"胡春秀的声音忽然有些哽咽，"怎么每次都是这样呀？当年我老公被冤枉，命也没了，现在又轮到我女儿被冤枉……呜呜……"

"你先生的事，我真的很抱歉……"郑天威轻轻地吁了口气，迟疑了一下，还是开口说道，"当时上门找他的那两个警察，其中一个就是我。"

"啊？"胡春秀轻呼一声，紧紧地看着郑天威，"你……就是你开枪把他打死的？"

郑天威摇了摇头："不是，开枪的是我的搭档。"

"嗯。"胡春秀脸色渐缓，低低地应答了一声。

"虽然开枪的人不是我，但这些年来，我也一直十分内疚。"郑天威叹道，"当时，是我没有把现场的情况处理好，才害了你先生，也害了我的搭档。"

如果当时郑天威和黄松离开便利店后，就在门外等候，那么赵国枝在给"蜘蛛杀手"打完电话以后，便会乖乖地跟他们回公安局接受询问，这样一来，赵国枝就不会死，黄松也不会因为击毙了赵国枝而辞职。

而且，这样的话，他们事后还能通过查询赵国枝的通话记录而得知"蜘蛛杀手"的身份！

可是郑天威和黄松没有这样做，郑天威甚至吩咐黄松到便利店的后门拦截赵国枝，从而导致悲剧的发生。

此时胡春秀轻声道："郑警官，这跟你无关，你们只是履行职责而已，不要太自责了。要怪就怪国枝，如果他不是逃跑，如果他不是挟持了那个收银员，也不会莫名其妙地丢了性命……"

她说到这里，话锋一转，一脸坚定地说："不过，他绝对没有杀过人！两位警官，你们一定要相信我，我老公绝对不会杀人！"

郑天威点了点头："我们今天来这里，就是要查清楚这些事。"

胡春秀"噢"了一声，歉然道："不好意思，一直让你们站在门外，进来聊吧。"

"打扰了。"

郑天威和思炫随胡春秀走进屋内，在大厅的椅子上坐了下来。

"两位警官，我给你们倒杯水吧。"

在胡春秀到厨房倒水的时候，思炫四处打量，快速地观察着大厅内的每一件物品，寻找跟案件相关的"拼图"。突然，他把目光停留在陈列柜上的一个相框上。

他慢腾腾地走到陈列柜前，向那个相框看了一眼，只见相框中有一张照片，那是赵国枝、胡春秀和赵庆华一家三口的合照。照片中的赵庆华大概十四五岁，可见这张照片应该拍摄于赵国枝被击毙的两三年前。

此时胡春秀拿着两杯水走出大厅。

"两位警官，请喝杯水吧。"

"谢谢。"郑天威接过水杯，喝了一口，说道，"赵太太，请坐吧。唔，今天我们来这里，主要是想了解一下你先生的事。"

"唉，"胡春秀叹了口气，"还有什么好了解的呢？他在你们眼中，不就是一个杀人犯吗？"

郑天威摇了摇头："是这样的，最近我们发现当年'蜘蛛杀手'的案件存在不少疑点，我们有理由相信，你的先生赵国枝，并非'蜘蛛杀手'，真正的'蜘蛛杀手'至今仍逍遥法外。我们已经重建了'蜘蛛杀手'连环谋杀案的专案组，目前正在翻查此案。"

"真的？"胡春秀诧异道。

"是的，案件很快就会水落石出。如果你的先生真的是被冤枉的，我们最后一定会还他一个清白！"郑天威信誓旦旦地说，"我保证！"

胡春秀的眼睛却忽然湿润了，只听她幽幽地说："清白……清白……唉，人都没了，还他清白又有什么用呢？"

"对不起……"郑天威低下了头。他的内心如被刀割一般。

胡春秀擦了擦眼泪，淡淡地道："你们想知道什么尽管问吧，我会尽量配合你们的。"

"好的。你先生曾把三只蜘蛛拿到白环街的一个垃圾房扔掉，这件事你想必也知道吧？"郑天威拿出了笔记本，一边询问一边记录。

"知道，是后来警察告诉我的。"

"在此之前，你有在家里见过那三只蜘蛛吗？"

胡春秀摇了摇头："没有，从来没有见过。"

"其他跟蜘蛛有关的东西呢，譬如饲养箱、饲养的垫材，或者蜘蛛的饲料？"

"也没有。"

"那么，在'蜘蛛杀手'的案件发生后，你先生有没有跟你讨论过这起案件？"

胡春秀还是摇头："没有，我很少关注这种社会新闻的。"

郑天威点了点头，提出了下一个问题："在你先生把那三只蜘蛛扔到垃圾房的那天晚上，他在把你们的女儿赵庆华送到学校上晚自习后，有回过家里吗？"

胡春秀思考片刻，摇头道："没有。他每天晚上把女儿送回学校后，就会直接去开出租车，直到女儿的晚自习结束后，才去接上她，再和她一起回家。"

"你认真想想，那晚他真的跟往常一样，中途没有回家，而是在赵庆华晚自习结束后再跟她一起回家吗？"

胡春秀秀眉紧皱，苦苦回忆，过了好一会儿，才肯定地说："是的。"

郑天威"嗯"了一声，转头向思炫问道："思炫，你有什么问题要问赵太太吗？"

思炫本来蹲在椅子上发呆，听到郑天威跟自己说话，这才微微回过神来，向胡春秀瞅了一眼，面无表情地问道："赵国枝的母亲，之前一直住在这里吗？"

"是的。"

"她是什么时候死的？"

"应该是前年吧，"胡春秀略一思索，补充道，"前年八月份。"

"什么原因？"

"心脑血管病。"

就在此时，思炫突然从椅子上一跃而起，跳到地上，把胡春秀吓了一跳。

"带我去看看她生前的卧房。"

胡春秀定了定神，站起身子："嗯，在这边，请跟我来。"

6

胡春秀带着思炫和郑天威来到赵国枝的母亲生前所住的卧房。郑天威对于思炫的这个要求不明所以：难道"蜘蛛杀手"的案件跟赵国枝的母亲有关吗？但此时他也不便多问。

走进卧房后，思炫快速地将房间扫了一眼。房间不大，摆设简单，只有一张床、一张梳妆台和两个衣柜，床上盖着白布，可见这里目前是空置的。

思炫四处打量房内的物品，寻找有价值的线索。不一会儿，他发现梳妆台的桌面上有一块玻璃，而玻璃下方则压着几张照片。

这些照片中，都有一个六七十岁、慈眉善目的老妇。有些照片是老妇的单人照，有些照片则是老妇跟赵国枝、胡春秀、赵庆华等人的合照。

其中一张照片引起了思炫的注意。那张照片中有两个人，其中一个便是那老妇，另一个则是个四十岁左右的男子。

照片的背景似乎是在一家酒楼里。照片中老妇笑容满面，她的手上捧着一个金寿桃摆件，寿桃中间还刻着一个"寿"字；至于那男子，思炫认得他竟然是 L 市公安局刑警支队的刑警张磊！

就是那天韩若寻宣布要翻查"蜘蛛杀手"的案件时，提出异议的那个张磊。

思炫向郑天威指了一下那张照片。郑天威低头一看，也认出了张磊，诧异道："咦，这不是张磊吗？"

他定了定神，指了指照片中的老妇，向胡春秀问道："这位老太太就是你的婆婆？"

胡春秀点了点头："是呀，这张照片是在她七十大寿的宴会上拍摄的。"

郑天威咽了口唾沫，又指着照片中的张磊："那么这个人是谁呢？你认识吗？"

"认识呀，老张嘛。我婆婆手上拿着的那个金寿桃，就是当时老张送给她的生日贺礼。"

郑天威满脸疑惑："你们为什么会认识老张？"

"老张跟我先生是发小，两人十分熟悉。我先生出事前，他经常到我家来吃饭，跟我先生喝酒聊天什么的。"

"什么？"郑天威微微一怔。

紧接着他在心中思忖："张磊跟赵国枝竟然是认识的？而且两人还十分熟悉？可是在赵国枝被击毙后，张磊为什么从来没有向我们提起过这件事？"

与此同时，胡春秀继续讲述："我先生和老张是几十年的老朋友了，老张小时候经常到我先生家里玩儿，跟我婆婆也十分熟悉，所以我婆婆七十大寿的时候，也宴请了老张。"

她说到这里，双眉轻轻一蹙："郑警官，老张有什么问题吗？"

"你知道他是干什么的吗？"郑天威反问。

"好像是……警察？"胡春秀的语气也不太肯定。

"是的，他是警察，是我的同事。"

"噢！"

"可是，他从来没跟我们提起过他跟你先生是朋友的事。"

"为什么呀？"胡春秀不解地问。

"我也不知道为什么。"郑天威心中隐隐觉得张磊或许跟"蜘蛛杀手"的案件有关。

他不禁向思炫看了一眼，却见思炫已在查看房内的其他地方了。

接下来，郑天威又向胡春秀问了几个问题，但没什么收获，于是便和思炫离开了胡春秀的家。

第七章　墓园

1

两人刚回到车上，慕容思炫便冷冷地道："张磊有问题。"

事实上，郑天威也猜到张磊有问题，只是他不愿意承认这个事实，不希望自己的同事竟然跟"蜘蛛杀手"的案件有关。现在他听思炫这样说，顿时心中一沉："什么问题?"

"韩若寻提出要翻查'蜘蛛杀手'的案子时，张磊首先提出异议。为什么呢?"思炫一字一字地说，"因为，他害怕韩若寻查出'蜘蛛杀手'案件的真相。"

郑天威轻轻地吁了口气："说起来，今天上午开会的时候，张磊好像没来。"

"是的，没来。你知道张磊住在哪里吗?"

"不知道呀，我跟他不熟，没去过他家。你想干吗?"

"去找他，跟他聊聊。如果他真的跟'蜘蛛杀手'的案件有关，我可以让他露出破绽。"思炫胸有成竹地说。

郑天威斟酌了一下："要不我问问韩队，让韩队去查一下？"

思炫点了点头："好，你叫他去查吧。"

于是郑天威给韩若寻打了一通电话："韩队，我和思炫刚离开了赵庆华的家。"

"嗯，有什么发现吗？"

郑天威吸了口气："我们无意中发现，张磊跟赵国枝竟然是发小。"

"什么？"韩若寻怔了一下，"是咱们刑警支队的那个张磊吗？"

"是的。"郑天威把发现张磊跟赵国枝的关系的经过向韩若寻讲述了一遍。

他刚说完，思炫一手拿过了他的手机，对韩若寻问道："张磊今天请假了？"

"嗯，他说他身体不舒服，请假一天。"

"我想去跟他聊一聊。"

韩若寻微微琢磨："好的，我待会儿把他家的地址发给你们吧。"

此时已是中午时分，思炫和郑天威来到附近的一家快餐店吃饭。吃饭的时候郑天威心情沉重，没怎么说话。

吃过午饭，两人准备开车前往张磊家。思炫拿起郑天威的手机，看了一眼韩若寻发过来的张磊的住址，喃喃地道："城中花园吗？"

"怎么了？"郑天威看了看思炫。

"当年赵庆华在市三中读高中，从市三中开车前往城中花园，大概需要五十分钟。而从城中花园开车前往白环街，则需要四十分钟左右。"

"咦？"郑天威明白思炫的意思了，"你的意思是，赵国枝取走那三只蜘蛛的地方，就是张磊的家？"

没等思炫答话，他接着自顾自地分析起来："赵国枝七点半把赵庆华送到市三中上晚自习，随后开车前往张磊所住的城中花园，并于八点二十分左右到达。从张磊家中取走那三只蜘蛛后，他又从城中花园开车前往白环街，最后于九点左右到达白环街的某个垃圾房前方，这跟那名垃圾清洁工人在垃圾房见到赵国枝的时间是一致的！"

他说到这里，表情有些复杂："难道，藏着那三只蜘蛛的'蜘蛛杀手'，就是张磊？"

对于郑天威的这个猜想，思炫不置可否。

2

数十分钟后，两人来到城中花园小区，下车以后，直奔张磊家。

上楼的时候，郑天威向思炫问道："思炫，待会儿我要怎么跟他说？直接质问他为什么认识赵国枝，却从来没有跟我们提起？"

"随便你怎么说。"思炫的语气中透出一股自信，"反正，只要他是'蜘蛛杀手'，那么无论说什么话，都会露出破绽；如果他不是'蜘蛛杀手'，我也能通过你跟他的交谈来排除他的嫌疑。"

郑天威点了点头："那我直接问他好了。"

两人来到张磊家。开门的是一个七八十岁、白发苍苍的老妇。

"咦，你们找谁呀？"老妇疑惑地问。

郑天威向她出示了警察证："老太太，我是警察，是张磊的同事，请问张磊在家吗？"

老妇一听对方是警察，而且还是张磊的同事。瞬间放下戒心，笑着道："噢，是阿磊的同事呀，请进来吧。"

两人随老妇走进屋内。郑天威向老妇问道："老太太，请问您是张磊的母亲吗？"

老妇点了点头："是呀。"

"张磊在家吗？"郑天威接着问。

"他刚才吃过午饭就出去了。"

"哦？"郑天威皱了皱眉，"他不是不舒服吗？怎么还往外跑呀？"

"不舒服？"张母有些疑惑，"张磊不舒服吗？"

"不是吗？他说他身体不舒服，所以才请了一天病假呀。"

张母摇头道："没有呀，阿磊今天一整天都挺精神的。他只是跟我说他今天休年假，不用上班。"

张磊请假，果然大有蹊跷！郑天威沉吟了一下，又问："张磊有说他要去哪里吗？"

"他说他去探望一个老朋友。"

"这样呀……我们本来是想来探望一下张磊的，既然他不在家，我们就不打扰了。"郑天威说罢站起身子，准备告辞。

进屋以后一直一言不发的思炫此时却忽然道： "等一下。"

"怎么啦？"郑天威转头看了看思炫。

"给她看一下赵国枝的照片。"

郑天威"哦"了一声，取出了赵国枝的照片，向张母出示。

与此同时，思炫问道："你认识这个人吗？"

张母戴上老花镜，拿着照片看了好一会儿，才有些不肯定地道："这个……好像是国枝吧。"

"哦？"郑天威双眼一亮，"老太太，你也认识赵国枝？"

"认识呀。"张母点了点头，"他跟我儿子是几十年的老朋友了。以前国枝经常来探望我的。阿磊工作忙，有时候几天都不回家，如果我需要买什么，阿磊都会让国枝帮我买，有时候我要去看个病什么的，阿磊也会让国枝帮忙带我去。"

"看来张磊跟赵国枝的关系真的很好。"郑天威不禁在心中暗道，"如果张磊真的是'蜘蛛杀手'，赵国枝帮他丢弃蜘蛛，甚至为了通知他逃跑而挟持人质，确实不是什么奇怪的事呀。"

他还在思索，又听张母说道："我还记得有一次，我在家里中风晕倒了，当时只有我一个人在家，幸好国枝刚好来探望我，发现我晕倒了，立即把我送到医院。那次如果不是国枝刚好来了，可能我早就见阿磊他爸去了。"

她说到这里，自嘲地笑了笑，接着又轻轻地吁了口气："不过国枝最近几年都没来了。"

郑天威明知故问："为什么呀？"

原来张母并不知情："阿磊说他全家移民了。"

"是吗？"郑天威在心中叹了口气。他当然没有告诉张母真相。

此时思炫冷不防向张母问道："赵国枝有你家钥匙？"

郑天威怔了一下，随即便明白思炫为何有此一问。张母在家晕倒，赵国枝却仍可以进屋发现昏迷的她，自然是因为他持有张磊家的钥匙了。

果然张母点了点头："对呀，因为他经常给我带一些东西上来，所以阿磊就给他配了一套我们家的钥匙，方便他进来。"

"这么说，如果那三只蜘蛛真的是张磊的，赵国枝确实可以自己开门进来，取走那三只蜘蛛。"

郑天威还在思索，又听思炫向张母问道："你还记得你最后一次见赵国枝是什么时候吗？"

"好多年前啦，我也忘了是哪一年啦。"张母摇头道。对于一个七八十岁、记忆力衰退的老人来说，要回答这种关于时间的问题确实不容易。

"老太太，你认真想想，你最后一次见赵国枝，是在哪里？"郑天威把问题从时间转成地点。

张母皱眉思索，想了好一会儿，才用不太肯定的语气答道："应该就是在这里。"

"是晚上吗？"思炫问。

"好像是的。"张母慢慢想起来了。

"那天晚上你本来是不是要去什么地方，但是后来却没去成?"思炫提醒道。

张母"咦"了一声,微微凝思,突然双手一拍:"对啦!我想起来啦!那晚我本来要去参加婚宴的!"

"谁的婚宴?"郑天威问。

张母娓娓道来:"我表姐的孙女在那天结婚,本来晚上我和阿磊要到酒楼参加她的婚宴,但下午的时候我的颈椎病发作了,疼得不得了,所以后来就只有阿磊一个人去参加婚宴,而我则留在家里休息。

"我记得当时我在房间里看电视,忽然听到大门那里传来开门声,我感到纳闷儿,阿磊怎么这么早就回来啦?一般婚宴不是八点多才开始的吗?于是我忍着脖子的疼痛,走出房间看了一下,却原来是国枝进来了。"

赵国枝在张磊和他母亲本该去参加婚宴的晚上自己来到张磊的家?郑天威心头微微一震,问道:"他有说他来干什么吗?"

"他说他刚好经过这附近,想上个厕所,所以就上来了。"

"借口!"郑天威心中暗叫一声,"他是专门在张磊家没人的时候进来的,他的目的就是偷走那三只蜘蛛?那三只蜘蛛,真的是张磊的吗?"

他定了定神,追问道:"老太太,你还记得你表姐的孙女是在哪一年哪一天结婚的吗?"

张母摇了摇头:"哪里记得呀?"

思炫提醒:"她结婚时发出的请帖你还保留着吗?"

"噢!还在呀。"

郑天威双眼一亮："让我们看看可以吗？"

"嗯，你们稍等一下。"

张母走进卧房找到了当年她表姐的孙女结婚时所派发的请帖。郑天威一看，不禁倒抽了一口凉气。

婚宴举行的日期是二〇一一年四月十五日。

而赵国枝到白环街的垃圾房丢弃那三只蜘蛛那天，正是二〇一一年四月十五日！

同一天晚上，赵国枝潜入了张磊的家。

这绝非巧合！

难道，那三只蜘蛛，赵国枝真的是从张磊家中取走的？

郑天威正在寻思，又听思炫向张母问道："你还记得赵国枝是几点上来的吗？"

张母稍微想了想："应该是八点多吧。"

"哦。"思炫向郑天威使了个眼色，表示"可以走了"。

他已经从张母身上获取了他所需要的组成真相的"拼图"了。

郑天威会意，点了点头，向张母道："好了，老太太，我们有事先走了。我叫郑天威，如果张磊回来了，你让他给我打个电话吧。"

"好咧，两位警官，慢走啦。"张母把两人送到门外。

张母关门前，郑天威最后又看了她一眼，心中有些感触。

如果张磊真的是"蜘蛛杀手"，被警方逮捕了，他的这位老母亲该如何接受这个残酷的事实？

3

两人离开张家，刚来到楼下，郑天威便皱眉道："张磊真的有问题！二〇一一年四月十五日晚上九点左右，赵国枝把那三只蜘蛛带到白环街的垃圾房扔掉，而在此之前，在当晚八点多的时候，赵国枝去过张磊的家。也就是说，赵国枝所丢弃的那三只蜘蛛，很有可能就是从张磊家取走的！"

思炫一脸呆滞，没有答话，似乎觉得这种显而易见的推论，根本不值得说出来一般。

郑天威咬了咬牙："难道，'蜘蛛杀手'真的是张磊吗？"

思炫此时打了个哈欠，不慌不忙地分析起来："假设在家中藏着三只蜘蛛的那个人就是张磊，那么，当时的情况应该是这样的：某天，赵国枝无意中发现了张磊藏在家中的蜘蛛，从而推测他是杀死了杨昕和钟雪璇的'蜘蛛杀手'。他为了阻止张磊继续杀人，决定取走张磊家中的那三只蜘蛛。他知道四月十五日晚上张磊和他的母亲要去参加婚宴，张家没有人，打算那晚动手。那天晚上，在把女儿送到学校上晚自习后，他便开车来到张磊的家。他有张磊家的钥匙，自己用钥匙开门进去，却意外地发现张磊的母亲竟然在家。尽管如此，最后赵国枝还是偷走了那三只蜘蛛，再带到白环街的那个垃圾房扔掉了。"

郑天威咽了口唾沫："这么说，第二天赵国枝在挟持那个收银员的时候说要打个电话，就是要向张磊通风报信，叫他赶紧逃跑？"

"是。"思炫肯定了郑天威的推测。

"可是,"郑天威微微皱眉,"张磊的个子不高呀,应该只有一米七左右,而杀死杨昕和钟雪璇的'蜘蛛杀手',身高可在一米八左右。"

"张磊在行凶时穿上十厘米的增高鞋,便可达到一米八的身高了。"

郑天威还是无法相信这个跟自己共事多年的同僚,竟然是令人闻之色变的"蜘蛛杀手"。

"我要找张磊问清楚!"

思炫"哦"了一声,淡淡地道:"定位他的手机,看一下他目前的位置吧。"

"好!"

郑天威立即给韩若寻打了一通电话:"韩队,我们刚从张磊家中出来。"

"哦?"韩若寻语气严肃,"张磊怎么说?"

"没见到张磊,他母亲说他吃过午饭就外出了。他有回局里吗?"

"没有。"

郑天威吸了口气:"韩队,我想请技侦部门那边的人对张磊的手机号码跟踪定位,看一下他现在在哪里?"

韩若寻"咦"了一声:"为什么?"

郑天威一字一字地说:"我和思炫怀疑,张磊就是'蜘蛛杀手'!"

韩若寻显然吃了一惊,语气中充满惊异:"为什么呀?"

郑天威把他和思炫询问张磊母亲的经过,以及他和思炫的推论，简单地告诉了韩若寻。

韩若寻听完以后，有些不以为然地道："老郑，这些都是你们的推测而已，不能单凭'张磊所住的城中花园离市三中有五十分钟车程、离白环街有四十分钟车程'和'四月十五日晚上赵国枝去过张磊的家'这两点巧合，就断定张磊跟'蜘蛛杀手'的案子有关吧？或许那天晚上赵国枝真的是刚好经过张磊的家，想要上厕所，所以才上去的呢？"

"所以我要见到张磊，当面向他问清楚！"郑天威朗声道，"我要问一下他，为什么明明认识赵国枝，而且跟他如此熟识，却要向我们隐瞒这件事！我要问清楚他，赵国枝丢弃的那三只蜘蛛，到底是不是他的！"

韩若寻想了想，轻轻地吁了口气，说道："现在没有任何证据表明张磊是'蜘蛛杀手'，就这样对他的手机进行定位，不太合规矩，而且也会引起技侦部门那边的闲言闲语。这样吧，你们到交警支队那边去查一下监控录像，看看能不能找到张磊吧。"

"好的，我知道了。"郑天威有些无奈地答应了。

"韩队说张磊不一定是'蜘蛛杀手'，有可能是巧合。"郑天威挂掉电话后，转头看了看思炫，"思炫，真的有可能是巧合吗？"

"你希望是巧合，还是不是巧合？"思炫似有深意地问道。

郑天威微微一呆，接着便回过神来，正色道："我希望查出真相！"

"那就去找张磊吧。"

于是两人开车来到交警支队。交警支队的监控是联网的，在交警支队的指挥中心可调取城区内大部分街道的监控录像。

两人通过街道上的监控录像，从城中花园所在的街道开始，对张磊展开了轨迹跟踪，竟然发现他在一个小时前开车进入了L市墓园。

"墓园?"郑天威满脸疑惑，"现在又不是清明节，张磊到墓园干吗呀?"

"看来他所说的老朋友，就是赵国枝了。"思炫猜道。

"哦?"郑天威反应过来了，"他要去拜祭赵国枝?"

"对。走吧。"

"嗯。"

郑天威一边和思炫走出交警支队的大门，一边给韩若寻打了一通电话："韩队，我们通过监控查到张磊到墓园去了。"

"墓园?"韩若寻微微凝思，"他要去拜祭赵国枝?"

"应该是的。韩队，我和思炫现在到墓园去找一下他吧?"

"嗯，你们去吧。"韩若寻稍微停了一下，紧接着补充道，"如果有什么情况，立即通知我。"

"会有什么情况吗?"不知道为什么，韩若寻的话让郑天威心中有些不祥的预感。

4

从交警支队前往墓园有七八十公里的路程。一个多小时后，两人开车来到 L 市墓园。

此时并非清明时节，墓园内十分冷清，放眼望去，密密麻麻的墓碑中，却连半个人影也没有。

踏进墓园，郑天威忽然有些感慨："思炫，我还记得我来过这里'拜祭'你呢。"三年前，慕容思炫为了对付犯罪组织鬼筑，曾经假死过一段时间。

思炫没有答话，四处张望，想要寻找张磊的身影。

"张磊会不会已经走了？"郑天威也在东张西望。

"去管理处问问吧。"

两人来到管理处，查到了赵国枝的墓碑所在的位置。当两人来到赵国枝的墓碑前方时，果然看到地上放着一束鲜花！

"张磊果然来过！"郑天威环顾四周，"但他已经走了。"

"叫韩若寻定位一下他的位置吧。"思炫望着赵国枝墓碑上的照片，淡淡地说。

"好吧。"

郑天威再次拨打韩若寻的电话："韩队，我和思炫到墓园了。"

"有找到张磊吗？"

"没有。不过我们发现赵国枝的墓碑上有一束鲜花，张磊确实来拜祭过赵国枝，但他现在已经走了。"

"他今天去拜祭赵国枝，有什么深意呢?"韩若寻沉吟道。

"韩队，要不还是让技侦部门那边定位一下他的手机吧?"郑天威再次提出这个要求。

"好吧，"这一次韩若寻总算答应了，"我待会儿打给你。"

挂掉电话后，郑天威看了看思炫："思炫，张磊真的会是'蜘蛛杀手'吗?"

"有这样的可能性存在，但目前不能断定。"思炫正在研究地上的那束花，头也不抬。

郑天威没好气地说："你这不是废话吗?"

"'废话'总比错误的结论要强一些。"

"如果张磊真的是'蜘蛛杀手'，他杀死杨昕和钟雪璇的动机是什么呢? 替天行道吗?"

"我们还没深入调查钟雪璇的背景，并不清楚她是否做过一些罪有应得的事。"

"如果没有呢?"

"那么，"思炫这才稍微抬起头，咬了咬手指，推测道，"杀死杨昕的凶手和杀死钟雪璇的凶手，或许并非同一个人。"

"什么?"郑天威微微一怔，"你是说，当年的'蜘蛛杀手'也有两个人?"

"是的。假设杀死杨昕的凶手是'蜘蛛杀手A'，而杀死钟雪璇的凶手则是'蜘蛛杀手B'。由于杨昕和情夫张耀文合谋害死了丈夫石荣满，于是，六年前，'蜘蛛杀手A'便杀死了杨昕，替天行道。他之所以在杨昕的颈部钉上一只死蜘蛛，寓意就是杨昕跟那些交配后会吃掉雄蛛的雌蛛一样狠毒，连自己的丈夫也不放过，罪有应得。"

"啊?"郑天威恍然大悟，"这就是'蜘蛛杀手'在死者颈部钉上蜘蛛的原因?"

思炫纠正道："是'蜘蛛杀手A'在死者颈部钉上蜘蛛的原因。"

"那'蜘蛛杀手B'在死者颈部钉上蜘蛛的原因呢?"

"模仿，就跟赵庆华一样。"

"咦?"

"在'蜘蛛杀手A'杀死杨昕数个月后，'蜘蛛杀手B'由于某种动机，杀死了钟雪璇，并且模仿'蜘蛛杀手A'的杀人手法，在钟雪璇的颈部钉上一只死蜘蛛，让警方以为杀死钟雪璇的凶手，跟杀死杨昕的凶手是同一个人，以此混淆警方的调查视线。"

郑天威搔了搔头："可是，当时我们并没有向外界公布'杨昕的喉部被钉上蜘蛛'这个细节呀，'蜘蛛杀手B'怎么会知道呢?"

思炫一语道出关键："张磊不就是杨昕被杀一案侦查探组的警员吗?"

"啊?"郑天威豁然开朗，"张磊就是'蜘蛛杀手B'!"

思炫颔首："杀死钟雪璇的凶手，有可能是杨昕被杀一案的侦查探组内部的警员，这本来就是你们当时的推论之一。"

郑天威点了点头："只是这个推论被薛队否定了。"

思炫接着分析："从杨昕颈部提取到的绳索纤维和从钟雪璇颈部提取到的绳索纤维，虽然并非同一认定，但两根绳索的粗细和材质都十分接近，应该是同一类绳索。张磊作为杨昕被杀一案的侦查人员之一，自然知道把杨昕勒毙的绳索是哪一类的。"

"难怪张磊想要阻止韩队翻案呀。"郑天威沉吟了一下，又说，"也就是说，哪怕张磊真的是杀死了钟雪璇的'蜘蛛杀手B'，但还有一个杀死了杨昕的'蜘蛛杀手A'逍遥法外！这宗案子真是越来越复杂了！"

"这种程度的案子也叫复杂？"思炫一脸木然地吐槽道，"如果遇到像'魔环'那样的案子，你是不是可以辞职了？"他所提到的是他八年前协助警方所侦破的一起奇案。

思炫话音刚落，韩若寻来电："老郑，张磊的手机现在还在墓园里啊。"

"啊？"郑天威四处张望，"墓园哪里？"

"在停车场，我现在把具体位置发给你吧。"

"好！"

接下来，郑天威和思炫根据定位找到了张磊的汽车。

张磊果然在车里。只是此时，他坐在驾驶座上，脑袋下垂，双目紧闭，面容扭曲，整个身体一动也不动。

"张磊！"郑天威叫道。

思炫打开车门，伸手探了一下张磊的呼吸，冷然道："死了。"

"什么？"郑天威大吃一惊。

"他的两颊、口唇和耳轮都呈鲜红色，颜面和颈部都有散在性出血点，死因应该是中毒，我估计是氰化物中毒。"

思炫一边说一边观察着张磊的身体，发现他的右手上拿着一支针筒。

"他手上有一支针筒，他应该就是被刺入毒针而死亡的。"

"咦？"郑天威回过神来，也看到了那支针筒，喃喃地道，"难道他是自杀的？"

思炫还没答话，郑天威接着推想道："韩队翻查'蜘蛛杀手'的案子，他知道自己是'蜘蛛杀手 B'这件事早晚被发现，所以来拜祭完当年因为自己而死的好友赵国枝后，便畏罪自杀了。"

郑天威说完，觉得自己的推测合情合理，但对于这个推测，思炫不置可否。

接下来，郑天威打电话给韩若寻请求增援。

一个多小时后，韩若寻带着侦查员和技术员来到墓园。

韩若寻看到张磊的尸体后，叹了口气，喃喃自语："一失足成千古恨呀。"

技术员经过检验，发现张磊手上的针筒中，含有氯化琥珀胆碱、氰化物等成分。这些成分混合而成的毒针具有极强的杀伤力，被刺入体内后，人便会立即丧失心肺功能，随即窒息死亡。

而经过法医检验，张磊的死因就是颈部被刺入了这支毒针。

与此同时，郑天威也把思炫那关于"杀死杨昕的凶手和杀死钟雪璇的凶手并非同一个人"的推论告诉了韩若寻。

韩若寻听完以后，思索片刻，问道："张磊为什么要杀死钟雪璇呢？"

"思炫，你说呢？"郑天威把这个他也不知道答案的问题抛给了思炫。

思炫没有回答，而是看了看韩若寻，提出了一个风马牛不相及的问题："郑天威打电话告诉你张磊在墓园的时候，你在哪里？"

韩若寻想了想："就在办公室呀。"

思炫伸了个懒腰："走吧，到你办公室去。"

"为什么呀？"韩若寻不解地问。郑天威也满脸疑惑。

"因为，"思炫慢悠悠地道，"我发现了一件事。"

5

韩若寻和慕容思炫回到公安局的时候，已经是晚上七点多了。

郑天威并没有和他们一起回来。

两人来到了韩若寻的办公室，坐下以后，韩若寻摇了摇头："唉，没想到张磊竟然是'蜘蛛杀手'呀。"

"没想到吗？还挺显而易见的。"思炫打着哈欠说道。

韩若寻叹了口气："他身为一名警察，却知法犯法，最后落得这样的下场，唉，可惜了。"

他清了清嗓子，接着向思炫问道："好了，慕容，别卖关子了，你到底查到了什么？"

思炫"哦"了一声，淡淡地道："你还记得谁是张耀文吧？"

"记得。"韩若寻点了点头："杨昕的第二任丈夫。当年杨昕婚内出轨，和张耀文合谋杀死了石荣满，后来还卖掉了他的制衣厂。当然，这些目前都只是推测而已，我们还没有找到石荣满的尸体。"

"你知道张耀文现在在哪里吗？"思炫接着问。

"他不是病死了吗？"韩若寻双眉一蹙，"根据调查结果，他在二〇〇七年七月因为肝癌去世了。不是吗？"

思炫摇了摇头："张耀文还没死。"

"为什么这样说？"韩若寻有些不解。

"在此之前，我找于神深入调查张耀文和杨昕的事，就在今天，于神查到张耀文和杨昕离婚了，而离婚的时间竟然是二〇〇七年八月，即张耀文'病逝'一个月后。"思炫所提到的"于神"，是他的一个朋友。

"咦？"韩若寻稍有诧然，"为什么会这样呢？"

"于神找到了杨昕的一个闺蜜，经过打听，才知道原来张耀文患上的根本不是肝癌，而是淋巴癌，而且他后来几次的体检结果都是良好的，淋巴肿瘤已不明显，继续温和治疗即可。但是这时候，张耀文却出轨了，跟医院里的一个护士好上了，要跟杨昕离婚。杨昕觉得这件事说出来丢人，而且也不想父母担心——毕竟张耀文已经是她的第二任丈夫了，索性就说张耀文得肝癌死了。一个月后，她和张耀文正式离婚。"

"张耀文竟然还没死……"韩若寻定了定神，"他跟石荣满失踪的案件有莫大关系，我们要把他传唤回来。于神有查到张耀文现在住在哪里吗？"

"也查到了，星辰公寓第八幢 301 室，独居。"

"独居？"韩若寻有些好奇，"他不是因为认识了那个护士才跟杨昕离婚的吗？他现在没跟那个护士一起住吗？"

"杨昕的闺蜜说，后来张耀文的新女友又出轨了，两人分手了。"

"真是天理昭彰，报应不爽呀。"韩若寻有些感慨地说，"杨昕和石荣满在一起的时候，出轨了，后来和张耀文在一起；张耀文和杨昕在一起的时候，出轨了，杨昕遭到了报应；后来张耀文的新女友也出轨了，张耀文遭到了报应。"

"这算什么报应？"思炫语气冰冷，"至少，他还活着，而石荣满，已经死了。"

"走吧，"韩若寻站起身子，"我们现在就到星辰公寓，把这个张耀文带回来。如果他真的和杨昕合谋杀死了石荣满，或许他不会遭到报应，但必然要接受法律的制裁！"

第八章　设局

1

星辰公寓距离市公安局有大半个小时的车程。

此时，韩若寻和慕容思炫正在前往星辰公寓途中，却有一个人来到了星辰公寓第八幢301室的大门前方。

那是一个身材高大的男子，眉清目秀，双目炯炯，正是神血会中的"夜游"——林启信。

他看了看手表，心中暗忖："时间不多了。"

他快速地四处观察，发现在301室大门前的走廊尽头有一扇窗户，他根据这扇窗户所在的位置推算，它应该可以通往301室的某扇窗户。

于是他爬到窗外，小心翼翼地前进，来到了301室的窗外，潜入了301室，这才发现他所进来的窗户位于301室的厨房。

他蹑手蹑脚地走出卧房，四处查看，只听到某个卧房内的洗手间中传出水声，似乎有人正在洗手间内洗澡。

于是他走进那个卧房，躲在洗手间旁边。

接着，他取出了一根绳子。

潘惠萍、陈小娟、梁雯娣和莫玲，都是被这根绳子勒死的。

林启信等了数秒，忽然觉得有些不对劲。此时洗手间内应该是开着花洒的，但传出的却是水落地的声音。

也就是说，花洒下没人。根本没有人在洗澡！

"中计了！"

林启信心中暗叫一声，转过身子，正要离开，然而就在此时，忽然卧房内一个衣柜的门打开了，一个人从衣柜里猛地跳出来，举着手枪对着林启信，喝道："别动！"

林启信定睛一看，那是一个不到五十岁的男子，个子不高，身材稍微肥胖，正是慕容思炫的搭档——郑天威。

林启信定了定神，摇了摇头，淡淡地问："这是慕容思炫所设的局？"

"当然！"郑天威嘿嘿一笑，有些得意地说，"你不是一直瞧不起思炫吗？现在你却栽在他手上啦，哈哈！"

"他能把我引出来，只是运气好罢了。"林启信不屑地说。

郑天威"哼"了一声，不服气地说："什么运气好？他早就猜到你在韩队的办公室里安装了监听器啦！"

"哦？"林启信有些好奇，"说说看，他是怎么知道的？"

"在我们发现了张磊的尸体后，思炫就说张磊不是自杀的，因为他有配枪，如果想要自杀，开枪自杀就可以了，根本不用那么麻烦去找氰化物——他也没有途径找到氯化琥珀胆碱和氰化物。而且，张磊没有向他母亲交代过任何事，这根本不像一个即将自杀的人的行为。此外，思炫当时就推断，杀死张磊的凶手是你。"

"为什么呢？"林启信饶有兴致地问。

"这……他也没说为什么，反正就知道人是你杀的！"

林启信嘴角一扬，冷笑道："这不是瞎猜吗？"

郑天威不理会林启信的讽刺，接着又说："当时思炫还说，问题的关键是，你是怎么知道张磊在墓园，从而到墓园来把他杀死的呢？知道张磊在墓园的，除了张磊本人外，只有韩队、思炫和我三个人，而我在打电话把张磊在墓园的消息告诉韩队的时候，韩队刚好在办公室里，所以思炫猜测此前你在韩队的办公室中安装了监听器，从而偷听到我和韩队的通话。"

"是吗？"林启信慢慢地收起笑容。

"当时我和思炫在交警支队，交警支队和墓园的距离有好几十公里。而你在知道'张磊在墓园'这个消息的时候，离墓园的距离比我们近，于是你便立即开车赶到墓园，用毒针杀死了张磊，并且把毒针放在他的手上，伪装成他自杀的迹象。"

林启信苦笑了一下："这么说，'张耀文还没死'的消息，也是你们杜撰的？"

"是的，"郑天威的脸上露出了胜利的表情，"张耀文早就病死了。"

"那么，"林启信提出了最后一个问题，"你们为什么知道我会来杀张耀文？"

"因为我们已经查到你跟张耀文的交集了。"

"哦?"

"就是石荣满,对吧?"

林启信微微一怔,接着吁了口气,但并没有答话。

"我们离开墓园后,马上去调查了你的背景资料。我们在琉璃村找到了你的外婆,因此知道了你小时候的事情。你母亲未婚先孕,你父亲害怕负责任,人间蒸发,但你母亲却不顾你外婆的反对,坚持把你生下来。在你出生以后,你母亲患上了产后抑郁症,并且在你未满周岁的时候就跳楼自杀了。后来,是你外婆把你带大的。"

林启信还是没有说话,只是神色有些黯然。

"但是,你外婆只是一个以捡破烂为生的老人,根本没有能力养活你。在你十岁那年,家里揭不开锅了,于是你准备退学回家,和你外婆一起捡破烂,以此维持生计。就在此时,有一个男人资助你读书,你因此得以继续上学。"郑天威说到这里,向林启信看了一眼,"资助你读书的这个人,就是石荣满。"

"是呀。"林启信听到这里,终于轻轻地吁了口气,有些感触地说,"石先生是我的恩人,他对我的恩情,我一辈子都不会忘记。"

郑天威继续讲述:"接下来这几年,石荣满一直在资助你读书,还经常给你们送来一些生活用品。可是,在二○○三年六月,石荣满却突然失踪了。"

林启信点了点头:"当时我十五岁,正在读高一。"

此时林启信似乎毫无戒备,但郑天威没有丝毫松懈,一边用手枪指着林启信，一边说："思炫猜测，当时你自己追查石荣满的失踪事件，经过七年的调查，你查到石荣满被杀了，而凶手正是石荣满的老婆杨昕，以及杨昕后来的丈夫张耀文。

"你查到这件事的时候，张耀文已经因病去世了，但杨昕却还活得好好的。所以，你决定杀死杨昕，为石荣满报仇！"

郑天威说到这里，深吸了一口气，朗声道："也就是说，你不仅是最近杀死了潘惠萍、陈小娟、梁雯娣和莫玲四个人的凶手，你还确实就是当年杀死杨昕的'蜘蛛杀手'！"

林启信笑而不语，似乎是默认了郑天威此时的推测。

林启信，竟然就是"蜘蛛杀手A"。

在林启信杀死了陈小娟和梁雯娣后，赵庆华模仿"蜘蛛杀手"的手法，在两名死者的喉部钉上捕鸟蛛。可是她万万没有想到，她所模仿的"蜘蛛杀手"，竟然就是她的男友林启信，第一个往死者喉部钉上捕鸟蛛的人，也正是林启信。

"后来呢？"林启信看了看郑天威，饶有兴致地问道。

"后来思炫和韩队便回到公安局，他们的计划是在韩队的办公室透露'张耀文还没死'以及'张耀文目前住在星辰公寓'这两条消息，让你以为杀死石荣满的凶手之一张耀文尚在人间，从而前往星辰公寓找他报复，而我则早早来到这里埋伏。这里当然不是张耀文的家，而只是思炫一个朋友的家而已。刚好他的那个朋友全家旅游去了，所以我们便借用了一下这里，嘿嘿！"

林启信翻了翻眼皮，面无表情地道："这里离公安局有一定距离，慕容思炫之所以选择这里作为'张耀文的家'，是为了让我通过监听器听到他和韩若寻的谈话后，有信心自己可以在他们到达前赶到这里，杀死张耀文；他对韩若寻说张耀文现在独居，也是为了让我认为'杀死独居的张耀文是一件比较容易的事'，从而增强我到这里来杀死张耀文的决心。"

他说到这里，语气中终于流露出一丝敬佩："看来此前我确实是低估了这个慕容思炫呀。"

2

此时韩若寻和思炫马上就要赶到星辰公寓了，但郑天威怕事情有变，还是决定先把林启信控制起来。

"好了，该说的都说了，你现在也跑不掉了，把绳子丢掉吧。"郑天威命令道。

虽然他认为以林启信手上的绳子，根本无法对付自己手上的手枪，但再怎么说，这根绳子曾杀死四个人，郑天威对它稍有惧意。

林启信十分合作，"哦"了一声，便丢掉了手上的绳子。

郑天威取出手铐，吸了口气，一步一步地走向林启信。

在他走到林启信身前，正准备给他的双手铐上手铐的时候，林启信忽然叫道："老师，你来啦！"

老师？莫非是神血会的"黑无常"霍星羽？郑天威吃了一惊，回头一看，身后却哪里有人？

就在这电光石火之间，林启信一脚踢向郑天威的手腕，踢掉了他手上的手枪。

郑天威这一惊实在非同小可。他轻呼一声，几乎在同一时间，伸手便去捡枪。

但林启信反应更快，快速地捡起了地上的绳子，把绳子向前一套，勒住了郑天威的脖子！

"妈的！"郑天威涨红了脸，双手紧抓着绕在自己脖子上的绳子，奋力挣扎。

林启信知道自己一时半会无法把郑天威勒死，而慕容思炫和韩若寻又随时会到达，索性一脚把郑天威踢开，接着迅速地捡起了地上的手枪。

郑天威缓过了一口气，转过身子，正要向林启信扑去，却见黑洞洞的枪口对着自己的脑袋。

"郑警官，不要逼我，我不想杀你。"林启信冷冷地说。

"你逃不掉的！"郑天威咬牙道。

"你跟慕容思炫和韩若寻说，'蜘蛛杀手'还会回来的，那些法律所无法制裁的罪犯，就由我们神血会来制裁吧！"

林启信丢下这句话后，不再跟郑天威多说，转过身子，跑出了 301 室。

他快步来到电梯前，却看到电梯正在上升，此时已经来到二楼了。

难道韩若寻和慕容思炫正在乘电梯上来？林启信不敢停留，快步向楼梯跑去。

可是当他来到楼梯口的时候，却又听到一阵急促的脚步声从楼下传来。

林启信瞬间便明白了：韩若寻和慕容思炫，一个乘电梯上来，一个走楼梯上来，彻底封住了他逃跑的路线。

情况千钧一发。林启信不及细想，马上向楼上跑去。

3

那从楼梯走上来的人，正是慕容思炫。此时他听到林启信逃跑的脚步声，连忙加快脚步，追上楼去。

林启信一口气跑到天台，呼呼喘气，疲惫不堪，可是他还没缓过一口气，思炫却已经追上来了。林启信转过身子，连忙举起郑天威的手枪对着思炫："别过来！"

他话音刚落，忽然眼前一花，只见从思炫手上飞出一件东西，他还没反应过来，那件东西已经击落了他手上的手枪。他吓了一跳，低头一看，那原来是一个装水果糖的铁盒。

林启信知道要捡枪已经来不及了，身子一转，拔腿就跑。思炫紧追不舍。林启信跑到天台的边沿，只见他所在的楼房的天台跟隔壁楼房的天台距离不近，一旦在两幢楼房之间坠落，必死无疑。但他此时已经没有退路了，只好奋力一跳，总算跳到了隔壁楼房的天台上。

他刚落地，忽然感到后脑一阵疼痛，原来是思炫向他扔出了一个铁盒，正是刚才击落他手上之枪的那个装水果糖的铁盒，也不知道思炫是什么时候捡起来的。

林启信忍着疼痛，继续向前逃跑。与此同时，思炫轻松一跃，也跳到了隔壁楼房的天台上，并且捡起了地上的水果糖铁盒。

"我不能被抓！被抓到就完了！"林启信咬了咬牙，继续拼命逃跑。

十多秒后他再次跑到天台的边沿，费了九牛二虎之力，跳向另一幢楼房的天台。

但由于他此时体力不支，所以这一跳并没有跳到天台上。危急关头，他双手一抓，抓到了那幢楼房的天台的边沿。

思炫跟刚才一样轻松地跳到了这幢楼房的天台上，接着转过身子，看了死死攀着天台边沿的林启信一眼，一边从手上的铁盒中倒出几颗水果糖，一股脑儿扔到嘴里，大口大口地咀嚼，一边满脸不屑地道："霍星羽的三个继承者之中，你是身手最差的那个了。"

林启信重重地"哼"了一声，没有答话。

"要不要我拉你上来？"思炫的语气毫无起伏。

林启信咬了咬牙："拉吧。"

"哦。"思炫伸出手，把林启信拉了上来。

林启信跪在地上，呼呼地喘着气。与此同时，他的右手慢慢地移向自己的口袋。

那个口袋中有一支毒针，就是杀死张磊的那种可以让人瞬间死亡的毒针。

然而毒针还没取出来，却听思炫一脸冷漠地说："我救了你，你却还想杀我，如果石荣满知道他当年帮助的孩子是个如此恩将仇报的人，不知道会怎么想呢？"

林启信微微一呆，接着叹了口气，把毒针从口袋中取出，扔在地上。

这一刻，他知道自己作为神血会成员的使命结束了。

与此同时，他的人生也结束了。

4

"今晚月色不错，"思炫在地上坐了下来，"今天刚好是八月十五，要不在韩若寻他们来到这儿之前，我们先赏赏月，讲讲故事吧。"

"八月十五？"林启信怔了一下，随即反应过来，"今天是阳历的八月十五日而已，赏什么月啊？"

"反正到了农历八月十五你也没机会赏月了，先提前赏一下吧。"思炫像变魔术一样从口袋中掏出了几筒曼妥思抛光糖，放在地上，作为赏月的食品。

林启信哭笑不得，但也坐了下来："你想聊什么？"

"就讲一下你跟石荣满的故事吧。"思炫一边说一边撕开了一筒曼妥思的包装纸，挤出一颗，扔给了林启信。

林启信接过，放到嘴里，一边轻轻地咀嚼着，一边抬头望了一眼那月牙形的月亮，淡淡地讲述起来。

"我记得那时候我在读小学五年级，每天放学后，我都会留在教室里写作业，写完作业就在班上的图书角看书。那个图书角只有几十本书，我基本上每本都翻过好几遍了，但尽管如此，那里仍然是我每天放学后打发时间的好地方，因为我家里连一本课外书也没有。

"我每天回家的时候已经是傍晚了，但我外婆一般都还没回来，她还在外面收纸皮和空瓶。可是，她虽然每天早出晚归，却赚不了多少钱，我们家里一直入不敷出。终于，我们连吃饭的钱也没有了，外婆甚至要到大街上向一些饭店乞讨剩饭。我看在眼里，心酸无比，于是我打算不读书了，回家帮外婆干活，帮补家计。

"这时候，石先生出现了。他不仅资助我读书，还经常来探望我和外婆，给我带来一些大米呀生油呀，还有各种生活用品。如果没有石先生的帮助，我就读不成书了，甚至有可能跟外婆饿死街头。所以，对我来说，石先生就是我的恩人，就是我的再生父母……"

思炫打了个哈欠，打断了林启信的话："说重点吧。"

林启信轻轻地吁了口气，继续讲述。

"二〇〇三年，石先生忽然失踪了。当时我十五岁，正在读高一。在我心中，石先生就像我的亲人一样。所以他的失踪，对我的打击特别大。接下来，就像你所推测的那样，我利用放学后的时间以及周末的时间，自己对石先生失踪的事件展开调查。石先生是我的再生父母，我可不能让他就这样莫名其妙地消失。

"可是，当时我只是一个中学生，又能做些什么呢？我除了进行一些简单的走访工作以外，就只能四处张贴寻人启事了。接下来的几年，我一直没有放弃寻找石先生。我贴在街上的寻人启事被撕得差不多以后，我又会去再印几沓，继续张贴。

"终于，皇天不负有心人，二〇一〇年九月——当时我刚从 FBI 学习回来不久，我收到了一个知情人的情报，说在 L 市南山村的村口，有一个失去了双脚和一条手臂的乞丐跟石先生十分相似。于是我立即来到南山村，找到了那个乞丐，竟然真的是我的恩人石先生！”

林启信说到这里，语气有些激动，激动之中又夹杂着一些酸楚、几分苦涩。

但思炫却一脸木然，表情没有一丝变化。

林启信定了定神，吁了口气，继续讲述当时的事："我问石先生为什么会变成这样，他告诉我，七年前，他发现了妻子杨昕和情夫张耀文偷情，当时，捉奸在床的他大发雷霆，杨昕怕他伤人，先下手为强，指使张耀文杀死他。于是张耀文用绳子勒住了他的脖子，把他'勒死'以后，又和杨昕合力把他装进麻袋里，抬到工地弃尸。"

思炫听到这里，总算明白林启信为什么要用绳子作为凶器杀死杨昕了——以其人之道还治其人之身。

"但事实上石先生并没有被勒死，只是由于缺氧而昏迷过去而已。他醒来后，发现自己在工地里，正想离开，却有几个男人走过来，把他再次打晕了。石先生再一次醒来的时候，发现自己的一条手臂和双脚都没有了。"林启信说到这里，脸色铁青，狠狠地咬了咬牙。

"'丐帮'？"思炫斜眉一蹙。

"是的，那帮人就是'丐帮'的！这个犯罪团伙利用各种非常手段使人致残，再操纵残疾人和儿童进行乞讨，真是罪无可赦！

"石先生说，在他手脚的伤口愈合后，白天就被带到街上乞讨，晚上'丐帮'的狗腿子则会把他带回来。他每天晚上就跟其他几个被'丐帮'控制的残疾人一起，在一辆中巴里睡觉。他们每天吃的都是馒头和包子，只有过年的时候才可以吃肉。他们每天还有固定的乞讨任务，如果讨到的钱不够，不光会被那些狗腿子抽打，而且还没饭吃。这几年，他一直被'丐帮'控制着，无法求救，也无法逃离，过着地狱一般的生活。"

"你当时没把他带走吗？"思炫问。

"如果可以重来一次，我哪怕拼了这条命，也一定要把他带走。"林启信恨恨地道，"我明明找到了他，却终究无法救他，当时我觉得自己真是一个窝囊废！"

思炫翻了翻眼皮："接着说吧。"

林启信稍微稳定了一下情绪，继续讲述："当时，我正想把石先生带走，却忽然有几个身材高大的男人走过来，强行带着石先生上了一台面包车，简直是无法无天！他们人多，我拦不住他们，但我记住了那台面包车的车牌号码。后来我查到了那台面包车的车主信息，发现车主正是当时带走石先生那几个男人中的一个。为了找到石先生，我跟踪那个车主，跟着他来到一间废置的厂房里，却不小心被他发现了，还被他的几个同伙抓了起来。"

"有勇无谋。"思炫不屑地道。

林启信没有理会他的嘲讽，接着道："原来那间厂房里的某个房间，竟是这个'丐帮'的'手术室'，他们会把抓到的人带到这里，进行肢体摧残，把人弄残废后，再带到街上乞讨赚钱。当时，有两个男人拿着铁棍向我走来，说要把我的双脚打断。"

他说到这里，想起当时的惊险情景，似乎还有些心有余悸。

"神血会此时出现了?"思炫已经猜到了事情的进展。

林启信点了点头:"是的,此时神血会的'黑无常'突然出现,他开枪射杀了'手术室'内的人——包括我所跟踪的那个车主,救下了我。

"后来我才知道,那台面包车的车主,就是那个'丐帮'的帮主。当天负责控制石先生的'丐帮'狗腿子发现我在跟石先生谈话,马上通知帮主,于是帮主便带上了几个人,开着面包车来带走了石先生。

"至于神血会的'黑无常'霍星羽,他调查这个'丐帮'已经有一段时间了,本来就打算杀死帮主和他的手下,铲除这个'丐帮',为民除害,结果却碰巧救下了我。

"那帮主的其中一个手下被霍星羽杀死前,我问他石先生在哪里,他说已经被帮主打死了,唉——"

林启信想起自己恩人的悲惨下场,长长地叹了口气:"我找了他七年,好不容易找到了他,没想到却害他丢了性命。"

"之后你就加入了神血会?"思炫问道。

"还没有,我只是把石先生的事情,包括杨昕和张耀文合伙谋害石先生的事,全部告诉了霍星羽。霍星羽听完以后跟我说,这已经是七年前的事了,现在肯定无法找到证据证明杨昕跟这件事有关了。再说,当时负责动手杀害石先生的人是张耀文,杨昕根本没有动手,现在张耀文死了,死无对证,只要杨昕一口咬定自己不知情,根本就无法定她的罪。"

"没有证据,便不能入罪,这不是很合理吗?"思炫淡淡地说。

"合理?"林启信向思炫瞪了一眼，"杨昕如此歹毒，指使张耀文杀害自己的丈夫，最后她却逍遥法外，这叫合理?"

"有本事你可以去收集她犯罪的证据，通过法律制裁她。"思炫语气冰冷。

林启信一脸不屑："迂腐!"

思炫懒得跟他辩驳了，冷冷地道："你接着说吧。"

5

"当时我真的非常愤怒。这个杨昕不仅婚内出轨，还指使情夫杀害石先生，最后甚至卖掉了石先生的制衣厂，霸占了他的财产，真是恶贯满盈! 石先生过了七年饱受折磨的非人生活，最后还死于非命，而这一切，都可以说是杨昕造成的! 但是，这个杨昕，最后却逍遥法外，天理何在?

"霍星羽似乎看穿了我的心思，他对我说，其实我可以亲手制裁杨昕这个罪人。他还说，如果我真的决定要制裁杨昕，为石先生讨回公道，他可以协助我。我经过深思熟虑，最终决定采纳霍星羽的建议——亲手制裁杨昕!"

"幼稚。"思炫一脸鄙视地道。

"幼稚? 或许吧。为了帮石先生报仇，我放弃了自己的大好前途，固执地走上了杀人之路，或许别人确实会觉得我十分幼稚，可是，"林启信神情坚定，"我从来没有后悔过!"

思炫没有回答，甚至没瞧林启信一眼，只是从口袋中掏出一个黑色的烟盒，从烟盒中倒出了几颗水果糖，放在手掌中摆弄。

林启信微微地吸了口气，继续说道："霍星羽传授了我一些简单的格斗技巧，还教会了我一些反侦查的知识。终于，万事俱备了。那天晚上，我带着一根绳子，还有一只捕鸟蛛，跟踪杨昕。

"后来，我趁她不备，把她勒死了——你应该也猜到了我采用绳子作为凶器的原因吧，并且在她的喉部钉上了那只死蜘蛛。为什么要钉上蜘蛛呢？因为我觉得她的这种谋害丈夫的行为，跟雌性蜘蛛交配后吃掉雄性蜘蛛的狠毒行为相比，真是有过之而无不及。杨昕，就跟那些蜘蛛一样，是一只低等的嗜血生物！"

林启信在杨昕的喉部钉上蜘蛛的原因，此前思炫已经猜到了。此时只见他把手掌中的几颗水果糖一股脑儿扔到嘴中，一边夸张地咀嚼着，一边用冰冷如水的声音问道："接下来，你便正式加入了神血会？"

"杀死了杨昕以后，我的心中充满了自豪感，我感觉自己就是一个正义的使者，做到了连警察、连法律也无法完成的事。"林启信昂首道，"同时，我对霍星羽的那一套关于'正义'的理念十分欣赏，对于他的这种替天行道、警恶惩奸的行为十分赞同。这时候，霍星羽邀请我加入神血会，我顺理成章地答应了，于是我便成了霍星羽的继承者，外号'夜游'。"

"那么，"思炫抬头向林启信瞥了一眼，"你有见过神血会的其他成员吗？"

"没有。"

"霍星羽还有另外一个继承者，外号'日游'，你有见过吗？"

林启信还是摇头："也没有。"

思炫抓了一下自己那杂乱不堪的头发，接着问："那杀死潘惠萍、陈小娟、梁雯娣和莫玲四人，是你的意思，还是霍星羽的意思？"

"是我的意思。我查到这四个人罪大恶极，于是便计划把她们逐一杀死，替天行道。当然，行动之前，我把我的计划告诉过霍星羽，对此他十分赞成。

"只是我没有想到，我在杀害第一个人潘惠萍的时候，就被我的女友庆华发现了，我更没有想到，庆华会在陈小娟、梁雯娣和莫玲的尸体上钉上蜘蛛，模仿'蜘蛛杀手'——也就是我本人——犯案。"

提起赵庆华，林启信的表情有些复杂，似乎有些惋惜，而在惋惜之中又略带柔情。

思炫又问："钟雪璇并非你杀死的，对吧？"

"当然，钟雪璇被杀的时候，我刚好又到美国深造去了。"林启信说到这里，双眉一皱，有些不悦地道，"我查过了，钟雪璇并没有做过什么伤天害理的事，这个'冒牌蜘蛛杀手'杀死钟雪璇，只是为了一己私欲，实在令人不齿！而且，他在杀死了钟雪璇以后，竟然还模仿我的手法，在死者的脖子上钉上蜘蛛，想要嫁祸给我，真是不可原谅！所以，这些年来，我一直在寻找这个'冒牌蜘蛛杀手'，我要把这个试图嫁祸给我的杀人凶手揪出来，对他实施制裁！"

"这就是你接近赵庆华，甚至成为她男友的原因？"思炫问道。

林启信呆了一下，叹道："真是什么也逃不过你的眼睛呀。是的，虽然我也认为这个杀死钟雪璇的'冒牌蜘蛛杀手'并非赵国枝，但我猜测赵国枝应该知道'冒牌蜘蛛杀手'的身份。为了查出'冒牌蜘蛛杀手'是谁，我特意接近赵国枝的女儿赵庆华，想看一下能否在她身上找到线索，没想到后来却阴差阳错地跟她成了恋人。"

"你爱她吗？"这个感性的问题由一脸冰冷呆滞的思炫提出，实在出人意料。

林启信微微一怔，摇头道："我不知道。或许，爱过吧。"

"你本来可以好好地恋爱，结婚，生孩子，过上你所喜欢的生活，但你偏偏信奉神血会那套歪理，并因此毁掉了自己的一生，真是愚不可及。"

"用不着你教训我！"林启信怫然道，"你以为你做的就是对的吗？真是自以为是！时间终究会证明，神血会的理念才是正确的，神血会并非法律的对抗者，而是法律的协助者。"

"时间早就证明谁对谁错了。"思炫用毫无抑扬顿挫的声音反驳道，"反神会和神血会从三十多年前就展开各种争斗了，到了今天，我，反神会的继承者，仍然活得好好的，没事还能帮警察破破案，而你，所谓的神血会的继承者，马上就要被判死刑了，这难道不是已经说明了一切吗？"

林启信重重地"哼"了一声，没有答话。

思炫话锋一转，淡淡地说："后来，你通过安装在韩若寻办公室的监听器听到了郑天威和韩若寻的通话，得知张磊极有可能就是杀死钟雪璇的'冒牌蜘蛛杀手'，还知道张磊在墓园，于是便迫不及待地赶到墓园，把他杀死，对吧?"

"是!"林启信语气坚定，一副义无反顾的样子，似乎从来没有为自己的行为感到后悔。

思炫摇了摇头，嘴角一扬："你真是有勇无谋，霍星羽有你这样的继承者，可以说是一代不如一代了。"

"什么?"林启信皱眉。

思炫却不再多瞧他一眼了。

月光逐渐暗淡。"蜘蛛杀手"也将永远消失。

第九章　走访

1

林启信被捕，潘惠萍、陈小娟、梁雯娣、莫玲和张磊五人被杀的案子，以及六年前杨昕被杀的案子，均宣告破获，曾轰动一时的"蜘蛛杀手"就此落网。

至于五年前杀死钟雪璇的"冒牌蜘蛛杀手"张磊，由于已经遇害，所以钟雪璇被杀一案也正式结案。

翌日清晨，郑天威还在睡梦之中，忽然听到妻子的声音在耳边响起："孩子他爸，起来啦！"

"咋啦？"郑天威揉了揉眼睛，看了看墙上的挂钟，迷迷糊糊地道，"不是才七点多吗？我今天休息呀。"

案件侦破了，所以韩若寻让郑天威今天在家休息一天。

"有朋友来找你。"郑天威的妻子说道，"是个年轻人。"

"谁呀？"郑天威皱了皱眉，走到大厅一看，来者竟是慕容思炫。

此时思炫正在跟郑天威家中的小狗玩儿。

"是你呀？"郑天威打了个哈欠，"怎么这么早呀？是来找我喝茶吗？我可不去悠然居啊。"

思炫转头向郑天威瞟了一眼，淡淡地道："喝茶？你不用上班吗？"

"上什么班呀？我今天休息呀！"郑天威没好气地说道，"你这么早来，不是就为了提醒我去上班吧？"

思炫冷然道："'蜘蛛杀手'的案子还没侦破，你休什么假呢？"

郑天威眉头一皱："还没侦破？什么意思呀？林启信不是被抓了吗？"

"钟雪璇的案子呢？"思炫反问。

"模仿'蜘蛛杀手'的杀人手法，杀死钟雪璇的'冒牌蜘蛛杀手'，不是张磊吗？"郑天威不解地问。

"张磊为什么要杀死钟雪璇呢？"思炫再次反问。

郑天威语塞了，过了几秒才答道："我……我怎么知道？"

"张磊的杀人动机尚未明确，案件算是破获了吗？"

"着急什么呀？总能查清楚的。反正凶手的身份已经明确了，凶手也死了，案件告一段落了，就让我好好休息一天，明天再查吧。"郑天威说罢伸了个懒腰。此时他只想尽快让思炫离开，然后回到房间里睡个回笼觉。

"你很累吗？说得在侦查这宗案子的过程中你好像干了很多活一样。"思炫翻了翻眼皮，"你明明就没做过什么，也不需要动脑，只是跟着我调查而已。"

"喂！你什么意思呀？"郑天威有些生气了，"瞎说什么大实话呀？我不要面子呀？"

思炫不依不饶："在侦查中你唯一需要执行的任务，就是跟踪林启信，但最后却还是让他跑掉了……"

"好啦！别说啦！"郑天威瞪了思炫一眼，"我现在就和你去查张磊杀害钟雪璇的动机，还不行吗？"

思炫站起身子："首先，我们要去走访一下钟雪璇的家人。"

2

郑天威梳洗以后，便和思炫一起前往钟雪璇的家。

思炫开车，郑天威则把"蜘蛛杀手"一案的侦查卷宗拿了出来，打开了跟钟雪璇的案子相关的部分，复述道："钟雪璇是在二○一一年三月十七日晚上九点多遇害的，遇害的地点是城西六路的龙腾二巷。根据调查，她每天上学和放学都会经过龙腾二巷，那天她是在晚自习结束后返家的途中遇害的。"

郑天威说到这里，放下了卷宗，分析了起来："看来张磊曾经跟踪过钟雪璇，知道龙腾二巷是她回家的必经之路，所以那天晚上在龙腾二巷埋伏。当时张磊穿着增高鞋，把自己伪装成一个身高一米八左右的人。钟雪璇出现后，他先用钝器重击钟雪璇的头部，钟雪璇因此死亡。为了模仿'蜘蛛杀手'的杀人手法，他接着又用绳子紧勒钟雪璇的脖子，留下勒痕。他所用的绳子，就是林启信勒毙杨昕所用的那种绳子……"

思炫打断了郑天威的话："既然张磊要模仿'蜘蛛杀手'的杀人手法，那为什么不直接用绳子勒死钟雪璇，而是先用钝器袭击钟雪璇？"

"这……"郑天威搔了搔脑袋，推想道，"或许他担心在袭击钟雪璇的时候，会遭到钟雪璇的反抗，所以先用钝器袭击她，让她失去抵抗能力吧。毕竟这是他第一次杀人，采用这种谨慎的做法，也无可厚非。"

对于这个推测，思炫不置可否。

郑天威看了看卷宗，接着说："张磊杀死了钟雪璇以后，在她的脖子上钉上了一只成体的智利火玫瑰捕鸟蛛。他这样做，自然就是为了转移警方的视线，让我们以为杀死钟雪璇的凶手是'蜘蛛杀手'。

"张磊杀死钟雪璇以后，便逃离了现场。不久以后，几名大学生经过龙腾二巷，发现了钟雪璇的尸体。他们打电话报警以后，在警察到场之前，对着钟雪璇的尸体拍下了几张照片，并且发布到网上，因此引起了轩然大波……"

郑天威说到这里，长长地叹了口气："如果不是钟雪璇那脖子上钉着蜘蛛的照片被公开了，网友们的讨论热情就不会这么高涨，这件事就不会持续发酵，警方的破案压力就不会这么大，薛队或许就不会草草结案了，唉——"

思炫没有理会郑天威的感慨，只是问道："有一件事你想过没有：张磊家里为什么会有三只蜘蛛？"

"那是因为……"郑天威细细一想，由不得倒抽了一口凉气，"难道除了钟雪璇，他还打算接着杀人？"

思炫分析道："有两种可能性：第一，张磊本来就只打算杀钟雪璇一个，并且在钟雪璇的尸体上钉上一只蜘蛛，他之所以买四只蜘蛛，其中三只是备用的；第二，张磊本来就打算连续杀人，钟雪璇只是他的第一个目标，只是在钟雪璇遇害后，他还没来得及动手杀第二个人，藏在家里的蜘蛛就被赵国枝发现了，并且还被赵国枝丢掉了。"

郑天威微微皱了皱眉："第二种可能性更大吧？"

思炫点了点头："是的，如果是第一种可能性，那么张磊在杀死钟雪璇后，根本没必要把备用的那三只蜘蛛留在家里，他会找到一个合适的机会把蜘蛛都扔掉。然而事实上，在钟雪璇被杀一个月后，张磊仍然把那三只蜘蛛留在家里。"

"我本以为张磊杀死钟雪璇，动机是报复之类，没想到，张磊除了钟雪璇竟然还想杀其他人……"郑天威只感到一股寒意从背脊直泻下来，"难道，他杀死钟雪璇是无差别杀人？"

"先查一下张磊跟钟雪璇的社会关系是否存在交集再说吧。"思炫心中明白，张磊杀死钟雪璇的案子，或许并非想象中那么简单。

3

不一会儿，两人来到钟雪璇的家——位于永旺村的一座两层别墅。

别墅似乎有些残旧，外墙已经发黑了，甚至还长满了杂草。

郑天威按下门铃，接着便听到院子里传来一阵犬吠声。

过了片刻，大门打开了，走出来的是一个中年男人。他年纪不大，看上去不到五十岁，但脸色蜡黄，面容憔悴，头发已白了一半。

在男人身后，还跟着一条黄褐色的卡斯罗犬。刚才在院子里吠叫的就是这条狗。

男人看了看郑天威和思炫，有些疑惑地问："你们找谁呀?"

"你好，我是 L 市公安局刑警支队的刑警郑天威。"郑天威向男人出示了警察证。

男人微微地点了点头："请问有什么事吗?"

"钟雪璇以前是住在这里的吗?"

一听郑天威提起钟雪璇的名字，男人的脸上霎时间掠过一阵哀伤，眼神也瞬间黯淡下来。看到男人的表情，郑天威和思炫都已经猜到了他的身份。

"是的。"

"你是钟雪璇的父亲，对吗?"郑天威接着问。

男人点了点头，低低地"嗯"了一声。

郑天威表明来意："钟先生，我们今天来，主要是想了解一下你女儿钟雪璇的事。"

钟父轻轻地吁了口气："事情都过去好几年了，还有什么需要了解的呢?"

"要不咱们进去再谈吧?"

"嗯，请进来吧。"

然而郑天威和思炫刚踏进院子，那条卡斯罗犬就对着他们狂吠不止，似乎对他们充满敌意。

"阿吉！"钟父对卡斯罗犬喝了一声，接着又匆匆走到鞋架前，拿起了放在鞋架上的一根牵引绳，把牵引绳套在卡斯罗犬的身上，再把牵引绳拴在院子里的一棵小树上。

"两位警官，不好意思，"钟父对郑天威和思炫抱歉地说道，"唉，阿吉以前很乖的，但在雪璇走了以后，它的脾气就变得十分暴躁了，总是对陌生人充满警惕。唔，进来再聊吧。"

两人随钟父走进屋内。郑天威四处打量，只见屋内装修简单，但十分整洁。

"你是一个人住？"郑天威问。

"是呀，雪璇的妈妈在雪璇很小的时候就走了，一直以来，都是我跟雪璇两个人相依为命，后来，连雪璇也离开了我……"钟父神色黯然，甚至声音也有些哽咽了。

他吸了口气，回过神来："对了，两位警官，雪璇的案子不是结案了吗？你们还要了解什么呀？"

"是这样的，"郑天威正色道："我们翻查了当年'蜘蛛杀手'的案件，发现杀害你女儿的凶手，根本不是赵国枝。"

"什么？"钟父大吃一惊，连声音也颤抖了，"那个赵国枝……不是凶手？"

"是的。"

"那……凶手是谁？"钟父嘶声问道。

"是……是一个叫张磊的警察。"郑天威放低了声音。他为自己的同僚做出这样的事而感到耻辱。

"警察？"钟父瞪大了眼睛。

郑天威向钟父出示了张磊的照片："你见过这个人吗？"

钟父盯着照片，思索片刻，摇头道："从来没有见过。这个人就是杀死我女儿的凶手？"

"是的。"

"他为什么要杀死我的女儿？"钟父语气激动。

"暂时还不清楚。唔，我们此行的目的，就是查清楚张磊的杀人动机。"

"我不认识他，我女儿应该也不认识她，我女儿很乖的，根本不会得罪人，这个人到底为什么要杀死我女儿呀？"钟父的神情痛苦不堪，除此以外，还夹杂着几分迷惘、几分疑惑、几分不解，以及从心底喷发出来的愤怒。

4

进屋后一直沉默不语的思炫此时冷不防问道："当时钟雪璇在哪所学校读书？"钟雪璇遇害的时候十七岁，应该正在读高中。

钟父稳定了一下自己的情绪，答道："云江中学。"

思炫接着又问："屋外那条卡斯罗犬，是钟雪璇养的？"

郑天威不明白思炫为什么要问这些风马牛不相及的问题，但他也没有打断。

钟父则点了点头："我把阿吉带回来的时候，它才刚出生几天，是雪璇把它带大的，所以它跟雪璇的关系特别好。雪璇是走读生，每天都会回来吃饭，饭后总会带着阿吉在村里散步，周末还会带它到公园玩儿。唉，雪璇不在以后，我也很少带阿吉出去散步了。每次看到阿吉，我就会想起雪璇……"

思炫忽然站了起来，没头没脑地说："走吧。"

郑天威"咦"了一声："去哪呀？回去吗？你问完啦？"

钟父也一脸莫名其妙的表情。

思炫看了看钟父："带我们去看一下钟雪璇的房间。"

钟父稍微犹豫了一下，也站起身子，右手一摊："在这边，请跟我来。"

接下来，思炫和郑天威跟着钟父来到了钟雪璇生前所住的卧房。

思炫进房以后四处查看，也不知道他在看什么。郑天威也到处打量，他发现房内的家具都布满灰尘，跟几乎一尘不染的大厅截然不同。

"这里好像好久没打扫过了。"郑天威随口说道。

"是呀，"钟父叹了口气，黯然道，"平时我根本不敢进来这里，一进来，我就又会想起雪璇了……"

郑天威懊悔自己失言："对不起。"

"雪璇那么好一个孩子，那个警察为什么要杀害她呢？"对于这个问题，钟父不依不饶，此时他紧紧地看着郑天威，似乎想从他的表情中寻找答案。

"我也不知道，"郑天威摇了摇头，"张磊平时跟同事们的交流不多，我们对他的私生活都不太了解。"

"你们直接去问他不就可以了吗？"钟父不解地说。

郑天威吁了口气："他已经死了。"

"死了？"钟父怔了一下。

郑天威点了点头："是的，不过你放心，我们一定会查到真相的！"

对于郑天威信誓旦旦的承诺，钟父却没什么反应。

"真相？"他甚至叹了口气，"查到真相又怎样呢？哪怕知道他为什么要杀害我的女儿，可我的女儿也不能活过来了……"

"嗯。"郑天威知道，对于一个失去女儿的父亲来说，任何的安慰话语都是苍白无力的。他自己也有一个女儿，他明白为人父母的感受，他对钟父的痛苦感同身受。

此时，站在书桌前的思炫忽然说道："过来看看。"

"发现了什么？"郑天威快步走过去，只见书桌上有一块玻璃。此时思炫指着压在玻璃下方的一张大合照，这张照片中有数十名十来岁的孩子。

"这是钟雪璇班上同学的大合照？"思炫向跟在郑天威身后的钟父问道。

钟父点了点头："这是她分班前拍的大合照。"

"这张照片怎么啦？"郑天威知道思炫应该是在照片中发现了一些重要线索。

但思炫没有回答他的问题，又向钟父问道："当时钟雪璇有什么特别要好的同学吗？"

钟父微微凝思，答道："雪璇有个同学，叫徐欣玥，她应该是雪璇最好的朋友了。雪璇出事之前，她经常到我们家来玩，有时候还会在这里过夜。欣玥也是个好孩子，雪璇出事后，她经常来探望我，即使是现在，事情都过去好几年了，但每年春节前和中秋前，她都会给我送来一些礼物。唉，但她不知道，每次见到她，我就会想起我女儿，我就会更加思念我的女儿。我女儿如果没出事，就跟欣玥一样大了……"

思炫的每一个提问，都是在获取那些对他来说有价值的信息，都是在寻找那些可以组成真相的"拼图"，而钟父的这些感慨，对他来说是毫无意义的。只听他硬生生地打断了钟父的话："你有这个徐欣玥的联系方式吗？"

"我有她的手机号码。"

思炫记下了徐欣玥的手机号码后，看了看郑天威，又瞧了瞧房门。郑天威会意，对钟父道："好了，钟先生，情况我们都了解得差不多了，今天就不再打扰了。"

钟父"嗯"了一声："没事，如果还有什么需要了解，随时过来找我吧。"

两人走出院子的时候，那条卡斯罗犬又吠了起来，如果不是被牵引绳拴在树上，它甚至会向思炫和郑天威扑过来。

郑天威咽了口唾沫，加快了脚步，走出了院子；而思炫最后还向这条卡斯罗犬看了一眼，斜眉一蹙，若有所思。

5

一走出钟家，郑天威便迫不及待地问："思炫，你刚才在钟雪璇房间的那张大合照上发现了什么？"

"发现了一个我们认识的人。"

"咦？"郑天威一脸好奇，"谁呀？"

思炫转头看了看郑天威，一字一顿地说："赵庆华。"

"什么？"郑天威微微一惊，"赵庆华跟钟雪璇是同学？"

"分班前是同班同学。"

郑天威满脸疑惑："赵庆华不是市三中的吗？怎么会在云江中学跟钟雪璇当同学呢？你没看错吧？"

"你说呢？"思炫冷冷地反问。

郑天威自然知道以思炫的眼力是不可能看错的。他沉吟了一下："也就是说，赵庆华原来是在云江中学读书的，跟钟雪璇是同学，后来转学到市三中，而在赵国枝出事后，她又转学到另一间学校，并且改名为胡庆华？"

"待会儿去找赵庆华问一下吧，不过在此之前，我们先去找一下钟雪璇的好友徐欣玥。"

郑天威点了点头，拨打了徐欣玥的电话。

"你好。"电话接通了，手机中传出一个年轻女子的声音。

"你好，请问你是徐欣玥小姐吗？"郑天威问。

"是呀。"

"我是市公安局刑警支队的郑警官，我想向你了解一些情况。"

"什么情况呀？"徐欣玥的语气中有些警惕。

"是关于你的高中同学钟雪璇的。你还记得钟雪璇吧？"

徐欣玥一听郑天威提起钟雪璇，就知道这个应该不是诈骗电话了，十分配合地说："嗯，记得。你们想了解什么？"

"见面谈吧。你现在在哪里？"

"在公司。"

"那我们过来找你吧。方便吗？"

徐欣玥想了想："好的，你们过来吧。"

她把公司的名称和地址告诉了郑天威，最后又叮嘱道："你们到了门口打给我，我出来。"

于是郑天威和思炫来到了徐欣玥工作的房地产公司，在接待处见到了徐欣玥。她是一个二十出头的女生。

"你好，徐小姐，刚才就是我打给你的，这是我的警察证。"郑天威向徐欣玥出示了自己的警察证。

徐欣玥点了点头，有些紧张地说："你们好。"

三人坐下后，徐欣玥问道："两位警官，你们要问什么？"

思炫向徐欣玥看了一眼，直截了当地问："你还记得赵庆华吗？"

"赵庆华？"徐欣玥秀眉一蹙，思索了数秒，点头道："有些印象，她是我的一个高中同班同学。"

"你跟她关系好吗？"思炫接着问。

徐欣玥双眉轻轻上扬："怎么说呢？我跟她不太熟。"

"你认真想想。"思炫微微地舔了舔嘴唇，说道，"我在钟雪璇家中看到你们分班前的大合照，当时你就站在赵庆华旁边。一般来说，拍照的时候不是都会站在跟自己关系比较好的同学的旁边吗？"

"嗯？大合照？"徐欣玥双手轻轻地握着椅子的扶手，一边回忆，一边说道，"当时拍照时所站的位置，好像是摄影师调整过的。我是站在赵庆华身旁吗？我也忘了。反正我跟赵庆华的关系不好不坏吧。"

思炫注意到她说完这句话以后，一边轻轻地摇了摇头，一边把双脚收到了椅子下方。

思炫"哦"了一声，又问："你跟钟雪璇关系好吗？"

徐欣玥颔首："很好。"

"那么，"思炫紧紧地盯着徐欣玥，追问道，"钟雪璇跟赵庆华关系好吗？"

徐欣玥一边轻轻地抚摸着自己的脖子，一边淡淡地答道："雪璇跟赵庆华也不太熟吧，总之赵庆华不是我们那个圈子的，我们和她基本上没什么交集。"

"真的吗？"思炫平日那呆滞无神的目光此刻锐利无比。

徐欣玥咽了口唾沫，轻轻地咬了一下自己食指的指甲："对呀。"

"好的。"思炫站了起来，转头看了看郑天威，"可以走了。"

郑天威也站起身子："徐小姐，谢谢你的合作。"自始至终他都没有向徐欣玥提问过，因为他也不知道要问些什么。

"不用客气。"徐欣玥展颜一笑。询问结束，她松了口气，心情似乎不错。

两人走出徐欣玥的公司后，郑天威立即问道："怎么样？有什么发现吗？"

思炫向郑天威看了一眼，淡淡地道："她在撒谎。"

6

"撒谎？你怎么看出来的？"郑天威搔了搔脑袋，"你不是就问了她几个问题吗？我觉得她的回答都挺正常的呀。"

"所以说……"思炫再次看了看郑天威。

"什么？"

"你对这起案件的侦查，真的是毫无贡献。"

"喂！怎么说话呢？"郑天威脸露愠色。

"你生气了。"

郑天威"哼"了一声："我干吗生气呀？"

"你刚才眉毛下压，内角拉近，这是愤怒眉；你说'怎么说话呢'的时候，嘴巴呈方形张开，这是开放型的愤怒嘴。"

"这是什么理论呀？"

"这是微表情的解读。"思炫轻轻地打了个哈欠，"刚才，徐欣玥就是被她的微表情和肢体动作所出卖的。"

"别卖关子了，快说吧！"思炫的话引起了郑天威的兴趣。

只见思炫咬了咬自己的手指，有条不紊地解释道："当我问徐欣玥跟赵庆华的关系怎么样时，徐欣玥的眉毛突然上扬，眉毛的内角靠近，甚至前额出现了横纹，这是典型的恐惧眉，意味着她当时感到担忧，或者是克制着心中的恐惧。她为什么会担忧呢？为什么会恐惧呢？因为她跟赵庆华的关系非同寻常，突然听我问起赵庆华，自然会出现这样的反应。"

"就凭她的眉毛上扬就能判断她的内心？这也太扯了吧？"郑天威扬了扬自己的眉毛，"是这样吗？你能看出我现在在想什么吗？"

思炫懒得理他，接着分析："接着，我进一步追问她跟赵庆华的关系，她说她跟赵庆华的关系不好不坏，简而言之，就是跟她不熟。她说完这句话，还特意摇了摇头。然而就是这个摇头动作，表明她很有可能在撒谎。"

郑天威"咦"了一声："为什么？"

"如果一个人在说话的同时点头或摇头，他所说的一般都是真话。但如果他在说完某句话以后再点头或摇头，则这句话很有可能是在撒谎。为什么呢？因为一个人在说出某句谎言以后，很可能为了进一步证实自己这句话的真实性，而做出点头或摇头的动作作为补充，然而对于懂得解读微表情的人来说，这个经过迟疑才做出来的动作，反而会让他露出破绽。"

"是不是呀？"郑天威将信将疑。

思炫继续分析："还有，她当时双手握着椅子的扶手，双脚则从椅子前方收到了椅子下方，并且把脚踝紧锁在椅子腿上，这是冻结反应的一部分，说明当时她感到不适、焦虑或者不安。为什么呢？因为在她跟赵庆华的关系这个问题上，她撒谎了，她怕我们识破她的谎言，所以感到焦虑和不安。后来，我把话题转移到钟雪璇身上，她的压力减弱，双脚才再次伸到椅子前方，这说明她的边缘大脑已经得到放松了。"

郑天威见思炫说得头头是道，听上去又似乎合情合理，不禁轻轻地点了点头，开始认同思炫的分析了。

"接下来，我问她钟雪璇和赵庆华的关系，她的回答是钟雪璇跟赵庆华也不熟，但她在回答这个问题的时候，右手情不自禁地抚摸着自己的脖子。触摸或抚摸颈部是一种常见的安慰行为，特别是女性，如果把手放置在喉咙上的浅凹位置时，说明她感觉到不安、不适或者忧虑，也就是说，她很有可能正在撒谎，或者是隐瞒了某些重要信息。"

"难怪我刚才总觉得这个徐欣玥哪里不对劲。"郑天威喃喃说道。

"徐欣玥后来还强调说赵庆华不是她和钟雪璇的圈子的，但与此同时她却咬了一下自己的指甲。咬指甲一般可作为紧张或没有安全感的标志，由此可见，她一直在撒谎，她和钟雪璇两人，跟赵庆华之间存在着某种不为人知的秘密。"

"是吗？"郑天威低头看了看思炫的双手，"我见你也经常咬指甲呀。"

"我咬指甲是因为我在抓糖的时候手指上沾到了糖粉，我不想浪费。"

"……"

思炫伸展了一下四肢："走吧，再到赵庆华家中走一遭吧。"

他知道，曾经远在天边的真相，现在已经近在眼前了。

组成真相的"拼图"，即将完成。

7

此时已经是中午了，两人在附近的一家快餐店吃过午饭，便开车来到赵庆华家。

赵庆华的母亲胡春秀外出了，此时家中只有赵庆华一个。

"你们今天来找我有什么事吗？"赵庆华的语气有些

冷漠。

"赵小姐，我们已经查清楚了，"郑天威的语气中充满歉意，"你的父亲赵国枝，确实跟'蜘蛛杀手'的案件没有关系。"

"啊?"赵庆华轻呼一声，瞪大了眼睛问道，"查清楚了?"

郑天威点了点头："我们已经查到了杀死杨昕和钟雪璇的凶手的身份了。"

霎时间，赵庆华双眼湿润，低声自语："爸，你听到了吗? 我所做的一切没有白费，现在凶手终于抓到了，你终于平反了。"

"是呀，终于平反了，"郑天威吁了口气，"希望他的在天之灵得到安息吧。"

"安息?"赵庆华面色一转，冷冷一笑，"他是被警察打死的，怎么安息?"

郑天威低头不语。

赵庆华定了定神，问道："凶手是谁?"

"正如你所知道的那样，杀死潘惠萍、陈小娟、梁雯娣和莫玲这四个人的凶手，就是你的男朋友林启信……"

赵庆华听郑天威提起林启信，想到他现在的处境，心头一酸，神情黯然。

郑天威继续说道："至于六年前杀死杨昕的'蜘蛛杀手'，也是你的男朋友林启信!"

"什么?"赵庆华心头一震，"杨昕也是启信杀死的?"

郑天威颔首，接着把石荣满资助林启信读书，石荣满被杨昕和张耀文谋害，后来又被"丐帮"摧残身体、被迫乞讨，林启信找到了石荣满并且得知石荣满当年被害的经过，最后林启信杀死了杨昕为石荣满报仇，以及昨天晚上林启信被捕等事，一五一十地告诉了赵庆华。

赵庆华听得瞠目结舌，过了好一会儿她才回过神来，长长地吁了口气："没想到，让我爸当上替罪羔羊的'蜘蛛杀手'，竟然是我后来的男友，真是讽刺。"

她接着看了看郑天威，幽幽地问："他会怎么判？"

郑天威还没答话，思炫冷冷地道："他杀了六个人，你说呢？"

"可是，"赵庆华咬了咬嘴唇，反驳道，"他杀的都是罪有应得之人！"

"那又怎么样？"思炫的语气犹如寒潭之水一般冰冷，"这能改变他是杀人犯的事实？他都快三十岁的人了，还信奉神血会那套白痴理论，可见病得不轻，哪怕没有被抓，也嫁不得。"

赵庆华咬牙不语。

郑天威接着意味深长地说："赵小姐，林启信接近你，只是为了查出那个模仿他的杀人手法、杀死钟雪璇的凶手而已，他真的不值得你去爱，算了吧。"

赵庆华怔怔出神，若有所思。

片刻以后，她才回过神来，问道："那么，那个杀死钟雪璇的凶手是谁？"

郑天威摇了摇头："是我们刑警支队里的一个同事，名叫张磊。"

"张磊?"赵庆华双眉一蹙,"是我爸的那个朋友张磊吗?"

"是的。"

赵庆华双目圆睁,一副匪夷所思的表情:"杀死钟雪璇的凶手……是他?"

"嗯。除此以外,他还在家中藏了三只蜘蛛,大概是准备接着杀人。你爸发现了他藏在家中的蜘蛛,为了阻止他继续杀人,于是偷走了蜘蛛,并且把蜘蛛丢到垃圾房里。"

"这……"赵庆华难以置信,"张叔为什么要杀死钟雪璇呀?"

"这就是我们来这里的原因了。"郑天威吸了口气,正色问道,"你认识钟雪璇,对吧?"

赵庆华微微一怔,随后大概也知道已经无法隐瞒了,只好点了点头。

"你曾经在云江中学读书,当时跟钟雪璇是同班同学,对吧?"

"嗯。"赵庆华低低地应答了一声。

"你为什么一直没有把这件事告诉我们呢?"郑天威问。

赵庆华低头不语。

"事到如今,就没必要再隐瞒了吧?"郑天威一脸严肃地看着赵庆华,"赵小姐,把全部事情都告诉我们吧,这样我们才能揭开所有真相。"

赵庆华迟疑了一下,慢慢地抬起头,向郑天威看了一眼,幽幽地说道:"你们知道吗?我曾经自杀过。"

"为什么?"

"就是因为钟雪璇！"赵庆华冷齿一咬，恨恨地道。

"到底是怎么回事呀？"郑天威好奇地问。思炫也有意无意地把目光投到赵庆华身上。

赵庆华吁了口气，娓娓道来。

8

"我永远不会忘记那一天！那天放学后，我的同桌说要跟我谈一些事，我傻乎乎地跟着她来到天台，却看到钟雪璇和她的几个朋友在天台等着我。原来，她们给了我的同桌五百块，让她把我带到天台来。我和同桌本来关系还不错，可是，她竟然为了区区五百块，就出卖了自己的人格！"赵庆华愤愤不平。

"钟雪璇把你叫到天台干什么？"其实郑天威已经猜到了事情的大概。

"她们……她们简直不是人！在我的同桌离开后，钟雪璇她们就把我控制起来，对我拳打脚踢，甚至脱掉了我的衣服和裤子，并且拿出手机，对着我拍照片、拍视频。"赵庆华想起当时的情景，仍然心有余悸，身体颤抖不已。

"她们为什么要这样做呢？"郑天威不解地问道。与此同时，他想到了钟雪璇的父亲曾说，钟雪璇是个乖孩子。如果让钟父知道自己的女儿曾经做过这种令人不齿的事，不知会做何感想？

"因为钟雪璇嫉妒我。"

"嫉妒你？"

"嗯。当时学校里有一个男生，长得帅，成绩也好，是不少女生心中的男神。钟雪璇也喜欢那个男生，甚至向他表白，可是那个男生却喜欢我，还对我展开追求。钟雪璇认为那个男生没有接受她，是因为我从中作梗，于是便向我展开报复，哼！"赵庆华愤然道。

"当时和钟雪璇一起欺负你的那些女生，其中一个叫徐欣玥，对吧？"思炫突然问道。

"是的。"赵庆华点了点头。

郑天威恍然大悟："难怪我们在徐欣玥面前提起你的时候，她会那么的不安，原来是做贼心虚。"

"你们见过徐欣玥啦？唔，徐欣玥跟钟雪璇是好朋友，钟雪璇要对付我，徐欣玥当然不会袖手旁观。"赵庆华提起当年自己被欺辱的事，语气中充满不忿。

"后来呢？她们还对你做了什么？"郑天威追问。

"还？"赵庆华向郑天威瞥了一眼，冷冷地说道，"难道我刚才说的那些还不够吗？"

"我不是这个意思。"郑天威连忙解释。

赵庆华目光游离，似乎想起了一些遥远的往事。思炫和郑天威也没有催促。过了好一会儿，赵庆华才回过神来，继续讲述。

"她们拍完视频和照片以后，钟雪璇对我说，如果我敢再接近那个男生，就公开这些视频和照片。之后，她们就带着我的衣服和裤子离开了天台。我光着身子在天台待了好久，直到天黑了，才敢跑回家。

"回到家以后，我想起在天台发生的事，悲愤交织，同时又感到不知所措。我怕她们还会欺辱我，同时也怕她们公开我的裸照，到时候我真不知道怎样面对我的父母和奶奶。当时我觉得自己真是被她们逼到绝路上了，一时想不开，竟然就在房间里割腕自杀了。"

她说到这里，伸出了自己的左手。郑天威看到她的手腕上果然有一道不太明显的疤痕。

郑天威心想，如果自己的女儿被同学如此欺凌，甚至被逼得自杀，他是肯定不会放过这些欺凌者的。

那么，当时赵庆华的父亲赵国枝又是怎么想的呢？

他还在思索着这些问题，又听赵庆华说道："幸好我妈妈及时发现我自杀，把我送到了医院抢救，我这才捡回一条命。后来我爸问我发生了什么事，我就把自己被欺辱的事全部告诉了他。"

郑天威"咦"了一声："这么说，你爸早就知道你被钟雪璇欺辱的事？"

赵庆华低下了头，轻声道："是的。"

郑天威皱了皱眉："那你为什么一直向我们隐瞒着这件事呀？"

"因为我怕你们会怀疑我爸呀！"赵庆华咬了咬牙，"如果你们知道了当年被杀的钟雪璇死前曾经欺辱过我，或许就会怀疑我爸确实就是杀死她的凶手，这样就不会为我爸翻案了。"

没等郑天威答话，赵庆华接着又大声说："但我爸绝对不会因为这样的事就杀人的！绝对不会！"

"为什么不会？还绝对？"思炫冷冷地道，"不久前不是出了个'家长捅死女儿十岁大的男同学'的新闻吗?"

郑天威点了点头:"这起案子是我们负责侦查的,当时检察院那边还第一时间指派了一名检察官提前介入案子,引导我们侦查取证。在那起案子中,那个男孩和女孩都是四年级的学生,是同班同学,当时两人正在排队,女孩把课本挡在脸上,男孩转身一挥手,正好打在女孩的眼睛上,女孩休息了几分钟,眼睛便没什么大碍了,男孩也在老师的要求下向女孩道了歉,这件事本来到此就该告一段落了。可是过了几天,女孩的父亲却来到学校,用水果刀在厕所里捅死了那个男孩!"

思炫盯着赵庆华:"人家女儿的眼睛被打了一下,就去杀人了,你被钟雪璇欺辱得割腕自杀,你爸去杀死钟雪璇,为你讨回公道,又有什么奇怪的呢?"

赵庆华摇头不语。

与此同时郑天威在心中寻思,如果自己的女儿像赵庆华那样被同学欺辱,并且因此自杀,而法律又无法制裁这些尚未成年的欺凌者,那么自己是否也会不惜一切对付这些人,为女儿讨回公道?

他自己也不知道答案。

只听思炫又向满脸愠色的赵庆华问道:"钟雪璇被杀后,警察没有找过你吗?"

赵庆华摇了摇头:"在自杀未遂之后,我就停学了,不久以后就放寒假了。到了新学期,我爸就帮我转学到市三中去了,从此我就再也没有见过钟雪璇等人了。所以,钟雪璇被杀的时候,我已经不在云江中学读书了,警察自然不知道钟雪璇曾经欺辱过我这件事。至于那些和钟雪璇一起欺辱我的女生，自然也不敢把这件事告诉警察，以免惹祸上身。"

郑天威听后沉吟不语，似乎在思考着一些什么。

就在此时，赵庆华放在茶几上的手机收到了一条微信消息。思炫向赵庆华的手机屏幕瞥了一眼，斜眉一蹙，若有所思。

赵庆华拿起手机，查看了一下这条微信消息，接着便把手机放下了。思炫紧接着问道："你锁屏的壁纸是你跟你妈的合照？"

赵庆华点了点头："对呀。"

"最近拍的？"

赵庆华再次拿起手机，让手机亮屏，看了一下锁屏的照片，颔首道："今年春节拍的，怎么了？"

思炫在心中微一琢磨，问道："你有家庭相册吗？"

"有呀，怎么啦？"赵庆华满脸疑惑。

"给我看一下。"

"为什么？"

"为了证明杀死钟雪璇的'冒牌蜘蛛杀手'到底是不是你的父亲。"思炫淡淡地说。

郑天威"咦"了一声："为什么她的家庭相册可以证明这件事？"赵庆华也一脸不解。

思炫却没有解释："看一下就知道了。"

于是赵庆华从卧房中取出了三本家庭相册。

"好厚呀。"郑天威惊异道。

"从我出生开始到现在的照片，基本上都在这里了。唔，不过我成年以后好像也没怎么拍过照片了。"

思炫快速地翻看相册，发现正如赵庆华所说的那样，这些相册所收集的，基本就是她成长过程的照片。前两本相册中的照片，偶尔会出现赵庆华跟父母以及奶奶的合照，但在第三本相册中二〇一一年以后拍摄的照片，就再也没有赵国枝了——那自然是因为赵国枝被击毙了。

数分钟后，思炫把三本相册都还给了赵庆华。

"有什么发现吗？"郑天威问。

思炫没有回答，只是站了起来："走吧。"

此时，他已经找到了组成真相的那块最为关键的"拼图"。

第十章　心魔

1

两人告别赵庆华，离开赵家，回到公安局，直接来到韩若寻的办公室。郑天威把今天走访钟雪璇的父亲、钟雪璇的同学徐欣玥以及赵庆华的经过，详详细细地告诉了韩若寻。

在这个过程中，思炫一言不发，只是蹲在椅子上，掏出了一个七阶魔方，闭着眼睛，快速地转动。

韩若寻听完郑天威的讲述，寻思片刻，深深地吸了口气，一字一字地道："这么看来，杀死钟雪璇的'冒牌蜘蛛杀手'，根本不是张磊，而是赵国枝。"

郑天威点了点头："我也是这样认为的。赵国枝的杀人动机，自然就是因为女儿赵庆华曾被钟雪璇欺辱，甚至因此割腕自杀！"

韩若寻沉吟了一下，有条不紊地分析起来：

"赵国枝在杀死钟雪璇之前，或许曾在跟发小张磊喝酒时，无意中提到过自己的这个疯狂的复仇想法，张磊因此知道赵国枝有杀死钟雪璇的想法。张磊作为警察，自然无法认同赵国枝的这种想法，甚至还劝阻过他。可是张磊也知道，只有千日做贼的，没有千日防贼的，如果哪天赵国枝真的要把这个计划付诸实施，杀死了钟雪璇，他也阻止不了。他唯一能做的，就是帮这个发小善后，让他杀人以后不被发现。

"这时候，张磊想到了数个月前被杀死的杨昕，想到了凶手钉在杨昕喉部的那只蜘蛛。他想，万一哪天赵国枝真的杀死了钟雪璇，他可以在钟雪璇的尸体上也钉上一只死蜘蛛，让警方误以为杀死钟雪璇的凶手跟杀死杨昕的凶手是同一个人——毕竟警方并没有向外界公开过'杨昕的喉部被钉着蜘蛛'这个细节，这样便可以干扰警方的调查方向，让警方无法查到赵国枝身上。"

郑天威摇了摇头，遗憾地说："张磊为了帮助这个发小，竟然连警察的基本原则也忘记了。"

韩若寻也轻轻地吁了口气。他接着咳嗽了两声，清了清嗓子，继续推理：

"于是，张磊买了四只蜘蛛——其中三只是备用的。后来，张磊发现赵国枝到城西六路的龙腾二巷踩点，而龙腾二巷正是钟雪璇每天上学放学的必经之路，他因此知道赵国枝真的要动手了。

"二〇一一年三月十七日晚上，张磊跟踪赵国枝再一次来到龙腾二巷，亲眼看到赵国枝用钝器重击钟雪璇的头部，杀死了钟雪璇。赵国枝逃离现场后，张磊就穿上增高鞋，把自己伪装成一个一米八左右的男子，再用跟勒死杨昕所用的绳子同类的绳索，紧勒钟雪璇的尸体的脖子，留下勒痕，让钟雪璇的死状跟杨昕的死状基本一致。当然，最重要的是他在钟雪璇的脖子上钉上了一只智利火玫瑰捕鸟蛛，如此一来，在尸体被发现后，警方就更容易把这起案件跟杨昕被杀的案件联系在一起了。"

郑天威叹了口气："张磊为了帮赵国枝掩饰罪行，还真是煞费苦心呀。"

"钟雪璇的案子引起网友们的关注后，赵国枝大概也觉得十分奇怪，为什么钟雪璇的尸体上会有一只蜘蛛呢？是谁钉上去的呢？后来，赵国枝无意中发现了张磊藏在家中的三只蜘蛛，这才知道钟雪璇尸体上的蜘蛛，是张磊钉上去的，目的是为他掩饰罪行。

"赵国枝不想连累张磊，所以从他家中偷走那三只蜘蛛，拿到垃圾房扔掉。他以为一切神不知鬼不觉，却没想到，天网恢恢，疏而不漏，他扔蜘蛛的时候，刚好被一个清洁工人看到了。"

韩若寻的语气有些感慨。

郑天威也唏嘘不已："没想到真相如此峰回路转呀。我们一心想要翻案，想为赵国枝平反，到最后才发现他真的就是'冒牌蜘蛛杀手'！"

他说到这里，顿了顿，向正玩着魔方的思炫问道："思炫，你怎么不发表一下意见呀？"

思炫并没有睁开眼睛，一边快速地转动着魔方，一边一脸不屑地说："错误的结论，没有讨论的价值。"

"错误？"韩若寻皱了皱眉。

思炫这才慢慢地睁开双眼，向韩若寻和郑天威瞥了一眼，漫不经心地说道："'冒牌蜘蛛杀手'，根本不是赵国枝。"

2

"不是赵国枝？"自己和韩若寻的一番推论被思炫一句话全盘推翻，郑天威有些不服气，"为什么呀？"

"因为有疑点：张磊如果认为赵国枝只打算杀钟雪璇一个人，为什么要买四只蜘蛛？"

"韩队刚才不是解释过了吗？"郑天威没好气地说，"其中三只蜘蛛是备用的。"

"哪怕需要备用的蜘蛛，也不用买四只吧？买两只，留一只作为备用，就足够了，除非——"思炫呆滞的目光突然变得锐利起来，"要杀的人根本不止钟雪璇一个。"

"啊？"郑天威轻呼一声。韩若寻也皱了皱眉。

"此外，如果杀死钟雪璇的凶手真的是赵国枝，为什么在赵国枝杀死钟雪璇一个月后，张磊还保留着那三只蜘蛛？因为，"思炫快速地吸了口气，用十分肯定的语气说道，"要杀的人确实不止钟雪璇一个。"

"你别卖关子了！"郑天威有些不耐烦地说，"你认为杀死钟雪璇的凶手到底是谁呀？"

"我们暂且称这个凶手为 X 吧。这个 X 不是张磊，也不是赵国枝，而是一个张磊想要保护的人。张磊知道 X 想要杀死钟雪璇，为了帮助 X 掩饰罪行，他买回来四只蜘蛛。在 X 杀死钟雪璇以后，张磊便用绳子在钟雪璇的尸体上留下勒痕，并且在钟雪璇的喉部钉上蜘蛛。

"接下来，就像我们最初推理的那样，赵国枝发现了张磊剩下的那三只蜘蛛，误以为张磊是'蜘蛛杀手'，为了阻止张磊继续杀人，偷走了他的蜘蛛，拿到垃圾房丢弃。后来赵国枝在便利店内挟持着收银员的时候，说要打电话，就是要打给张磊，通知他逃跑。"

韩若寻略一斟酌，问道："张磊之所以要买四只蜘蛛，是因为他知道 X 除了钟雪璇以外，还要杀其他人？"

"是。"思炫语气干脆。

"我有一个问题，"郑天威提出了自己心中的疑问，"张磊为什么会知道 X 想要杀死钟雪璇？是 X 告诉张磊的吗？X 和张磊是什么关系？"

思炫摇了摇头："应该不是 X 告诉张磊的，而是张磊自己发现的。"

"怎么发现的？"郑天威追问。

"我的推测是，在杀死钟雪璇之前，X 已经杀死了另一个人。"

"什么？"郑天威心头一惊。韩若寻也满脸诧异。

"假设这个被 X 杀死的人叫 A 吧。A 被杀的时间是在林启信杀死杨昕之后，X 杀死钟雪璇之前，即二〇一〇年十月八日到二〇一一年三月十七日之间。A 被杀的案子，张磊参与了侦查，并且通过某些线索得知杀死 A 的凶手是 X。

"接下来，张磊通过观察，发现 A 只是 X 所杀的第一个人，接下来 X 还要去杀死第二个人钟雪璇，甚至还要杀第三个人、第四个人，于是，张磊便买下四只蜘蛛，打算钉在接下来被 X 所杀害的人的脖子上。"

韩若寻咬了咬牙："这个 X 到底是谁呀？张磊竟然为了他知法犯法，一错再错？"

"我们可以调查一下在二〇一〇年十月八日到二〇一一年三月十七日之间发生的、张磊有参与侦查的、至今尚未侦破的案件。"

思炫说罢，把手上的魔方扔在桌上，此时魔方的六个面均以还原。

而组成真相的"拼图"，此刻也即将完成。

3

事不宜迟，三人立即来到公安局的档案管理中心，查看符合这三个条件的案件的侦查卷宗。

不一会儿，思炫注意到发生在二〇一〇年十一月十七日的一起谋杀案。

死者名叫赖兰英，是一名平面模特，遇害的时候二十七岁，死因是被钝器重击头部。

张磊是这起案件的侦办人员之一。

而且，这起案件至今尚未侦破。

真正引起思炫注意的，是赖兰英遇害前两周所发生的一件事。

侦查卷宗记录，十一月五日晚上，赖兰英在未拴狗绳的情况下，带着她所养的一条烈性犬散步。在来到小区门外的时候，赖兰英碰到一对夫妇——其中那女子是孕妇，赖兰英的狗扑向孕妇，孕妇的丈夫把狗踢开了。

赖兰英因为爱犬被踢，极为愤怒，跟这对夫妇发生争执，继而发生肢体冲突。后来，孕妇因为情绪激动引发身体不适，被送到医院医治。

由于孕妇不足月生产，胎儿的各个器官尚未发育完整，医生临床诊断她先兆早产。然而，由于此案达不到刑事立案标准，所以最终赖兰英未被警方处罚。

"看一下这起案件。"思炫把侦查卷宗丢给了韩若寻和郑天威。

韩若寻快速地翻看了一下侦查卷宗，说道："在赖兰英跟那对夫妇发生冲突近两周后，赖兰英就遇害了，这是巧合吗？"

"我记得这起案件，"郑天威一边回忆一边说道，"当时我也有参与侦查。赖兰英被杀后，我们确实曾经怀疑过那对夫妇。可是经过调查，在案发时间，那个孕妇还在住院保胎，而她的丈夫也有完整的不在场证明，所以基本排除了这对夫妇的作案可能。"

"会不会是雇凶杀人呢？"韩若寻问道。

郑天威摇了摇头："当时我们对那对夫妇的经济状况和社会关系都进行了深入调查，基本排除了他们雇凶杀人的可能性。而其他跟赖兰英的生活圈子存在交集的人，经过调查，也全部排除了作案可能。最后，这起案子便成了悬案。"

韩若寻心念电转，向思炫问道："慕容，你怀疑当时杀死赖兰英的人，就是杀死钟雪璇的'冒牌蜘蛛杀手'X？"

"是。"思炫的语气颇为肯定。

"动机呢？"韩若寻好奇地问。

思炫还没答话，郑天威抢着说道："难道 X 是因为看到赖兰英遛狗不拴绳，本来已经理亏，却还跟孕妇发生肢体冲突，导致孕妇先兆早产，所以杀死赖兰英，还孕妇一个公道？"

　　韩若寻点了点头："有这种可能性存在。如果 X 杀人的动机跟林启信一样，是所谓的警恶惩奸，那么他杀死钟雪璇的原因，就是钟雪璇曾经欺辱过赵庆华。"

　　"可是，"郑天威摇了摇头，"赖兰英和孕妇发生冲突的事件后来有反转呀。"

　　韩若寻"咦"了一声："什么反转？"思炫也满脸好奇地望向郑天威。

　　"后来我们找到两名目击者，他们都目睹了赖兰英和孕妇发生冲突的全过程。他们一致说，赖兰英其实也不是遛狗不拴绳，而是下车的时候还没来得及拴绳，狗就窜出去了，接着还扑向孕妇。孕妇的丈夫把狗踢开了，赖兰英马上过来拴绳，但孕妇和她的丈夫态度十分恶劣，得理不饶人，不断辱骂赖兰英，孕妇甚至动手打赖兰英。赖兰英也忍无可忍，跟孕妇对骂起来，但她自始至终没有对孕妇动手。后来孕妇之所以肚子疼，大概是因为她自己情绪激动。"郑天威吁了口气，"总之，我觉得这件事赖兰英和孕妇都有错，各打五十大板吧。"

　　"如果 X 杀死赖兰英真的是因为这件事，那么他肯定没有看到全过程，而只是看到了孕妇在赖兰英的辱骂下感到身体不适的那部分。"韩若寻推测道。

　　"关键根本不在这里。"思炫冷不防说道。

"什么?"郑天威和韩若寻同时望向思炫。他俩讨论了半天,思炫却说关键不在这里?

只见思炫打开了赖兰英当时的行政处罚案卷:"这里有写赖兰英所养的那条是什么狗。"

韩若寻拿起案卷看了一下:"卡斯罗犬?这有什么问题吗?"

郑天威轻呼一声:"钟雪璇家里也有一条卡斯罗犬!"

"咦?"韩若寻双眉一蹙,"真的吗?你确定?"

"对呀,思炫也看到了。"

韩若寻看了看思炫:"这么说……"

思炫点了点头:"赖兰英养了一条卡斯罗犬,钟雪璇也养了一条卡斯罗犬,这是她们两个人的共同点。同时,这也有可能是……"

他说到这里,稍微停顿了一下,一字一字地继续说道:"X杀死她俩的动机。"

韩若寻咽了口唾沫:"慕容,X的身份,你已经知道了?"

思炫没有直接回答韩若寻的问题,只是淡淡地道:"接下来,我们要去查一个人。"

4

这天晚上,赵庆华和母亲胡春秀在家中吃过晚饭,胡春秀正准备收拾碗筷,赵庆华有意无意地说道:"对了,妈,今天下午警察来过。"

胡春秀"咦"了一声:"怎么啦?他们还在找你麻

烦吗？"

赵庆华笑了笑："妈，别担心，他们已经查清楚了，案件跟我无关。"

胡春秀松了口气："那就好。"

"此外，他们还跟我说，他们已经证实了当年杀死杨昕和钟雪璇的人，根本不是爸。"

"真的？"胡春秀瞪大了眼睛。

"是的，原来当年杀死杨昕的凶手，也是启信。"赵庆华说罢叹了口气。

"怎么……又是他？"此前赵庆华带过林启信回家吃饭，因此胡春秀也认识林启信。而昨天赵庆华从公安局回来后，也曾告诉母亲杀死潘惠萍、陈小娟、梁雯娣和莫玲四个人的凶手，就是自己的男友林启信。

赵庆华提起林启信，心中一酸，扯开话题："至于杀死钟雪璇的凶手……唉，说起来，那个人是我们认识的。"

胡春秀一脸惊异："我们认识的？是谁呀？"

"张叔。"

"张叔？哪个张叔？"

"就是爸的那个朋友张磊，以前经常来我们家吃饭的。"

"啊？"胡春秀轻呼一声，"是他？他为什么要杀死钟雪璇呀？"

赵庆华报喜不报忧，不想让母亲知道警方还在怀疑父亲赵国枝："他们说还在查。"

胡春秀压低了声音："警察知不知道你跟钟雪璇的事？"

赵庆华不想母亲担心，摇了摇头："不知道。"

"如果他们查到了你跟钟雪璇曾经是同学，甚至查到她对你做过的事，肯定会再次怀疑你爸。"胡春秀满脸担忧。

赵庆华微微一笑："妈，放心吧，不会的。我深信，爸是绝对不会杀人的。清者自清，警察最终一定会还爸一个清白的！"

胡春秀点了点头："但愿如此吧。"

她话音刚落，忽然门铃响起。

"谁呢？"胡春秀走到大门前，打开内侧的木门，透过外侧的不锈钢门上的空隙，只见三个人站在门外。

这三个人正是韩若寻、郑天威和慕容思炫。

胡春秀认得郑天威和思炫，怯生生地问："几位警官，你们怎么又来啦？有事吗？"

"赵太太，你别担心，我们只是来跟你女儿了解一些情况。"

郑天威话语甫毕，赵庆华也走过来了："妈，谁呀？"

胡春秀还没答话，赵庆华看到了站在门外的三人，眉头一蹙，没好气地道："又是你们呀？"

"各位警官，"胡春秀声音微颤，"我女儿真的跟你们正在查的案子没有关系的，这点我可以向你们保证。"

韩若寻微微一笑："赵太太，我们今晚过来，不是要调查你的女儿，而是要告诉她一个消息。"

"什么消息呀？"赵庆华满脸好奇。

"我们已经查清楚了，五年前杀死钟雪璇的凶手，确实并非你的父亲赵国枝，但也不是张磊，而是另有其人。"

"哦？"赵庆华追问，"是谁呀？"

"要不咱们进去再谈吧?"

"哦,进来吧。"赵庆华打开了外侧的那扇不锈钢大门。

5

韩若寻、郑天威和思炫三人随胡春秀母女走到屋内。众人在大厅坐下后,胡春秀说道:"几位警官,我去给你们泡壶茶吧。"

韩若寻摆了摆手:"赵太太,不用客气啦。唔,你也坐下来听一下我们的调查结果吧。"

胡春秀"嗯"了一声,坐了下来。

赵庆华吸了口气,迫不及待地问道:"杀死钟雪璇的凶手到底是谁呀?"

思炫打了个哈欠,慢悠悠地道:"凶手的身份,就隐藏在你今天给我看的那几本家庭相册中。"

赵庆华一脸诧异:"家庭相册?怎么会呢?"

"赵小姐,你再把相册拿出来让大家看看吧。"郑天威说道。

"哦,稍等一下。"

不一会儿,赵庆华把家庭相册拿了出来,放在茶几上。

接下来,众人的目光不约而同地聚集到思炫的身上。

思炫并没有立即去打开家庭相册,而是指了指大厅陈列柜上的一个相框。那个相框中有一张照片,那是赵国枝、胡春秀和赵庆华一家三口的合照。照片中的赵庆华只有十四五岁。

"我第一次来这里的时候，就注意到那个相框了。在相框中的那张照片里，赵庆华的妈妈戴着一条手链。"思炫慢条斯理地说道。

　　赵庆华站起身子，走到陈列柜前，把那个相框取了过来，放在家庭相册的旁边："嗯，这条手链好像是我爸送给我妈的生日礼物。妈，对吧？"

　　胡春秀轻轻地点了点头，表情有些悲伤："是的。"

　　"但是，"思炫向胡春秀看了一眼，话锋一转，"赵庆华的手机锁屏图片，是她跟你在今年春节的合照。而在那张照片中，你并没有戴那条手链。"

　　韩若寻和郑天威听思炫这么说，不禁看了看胡春秀的手腕，发现她此时也没有戴那条手链。

　　"我那条手链……"胡春秀双眉一蹙，解释道，"不知道什么时候丢了……"

　　思炫没有理会胡春秀，一边打开茶几上的家庭相册，一边自顾自地说道："于是我叫赵庆华让我看看你们的家庭相册，结果发现，从二〇〇一年九月五日到二〇一〇年十月一日，这期间凡是有你出现的照片，你基本上都戴着那条手链，可见赵国枝是在二〇〇一年九月五日前不久把手链送给你的。然而，从二〇一〇年十二月二十四日的照片开始，你就再也没有戴过那条手链了。也就是说，你的手链应该是在二〇一〇年十月一日到十二月二十四日之间弄丢的。"

　　胡春秀点了点头："好像是吧。"

　　赵庆华有些不耐烦地问："你到底想说什么呀？"

　　思炫没有理会赵庆华，紧紧地盯着胡春秀，一字一字地问："你知道赖兰英这个人吧？"

霎时间，胡春秀脸色大变。

思炫鉴貌辨色，知道胡春秀果然大有问题。他没有留给胡春秀思考的机会，紧接着说道："赖兰英是在二〇一〇年十一月十七日被杀的，刚好是你丢失手链的时间。于是我想，你的手链会不会是在你杀死赖兰英的时候，不慎掉落在案发现场的呢？"

刹那间，胡春秀脸上的表情凝固了。

几乎在同一时间，赵庆华叫了出来："你说什么？"

"我说得还不够清楚吗？"思炫用毫无抑扬顿挫的声音说道，"杀死钟雪璇的'冒牌蜘蛛杀手'，就是你的母亲——胡春秀。"

6

数秒的沉默后，赵庆华再次激动地叫了出来："你胡说什么呀？我妈怎么会……"

"赵小姐，请你冷静一些，"韩若寻语气平静，"我们先听慕容把话说完吧。"

突然间，思炫双脚一蹬，跳到了茶几上，来到了胡春秀身前。胡春秀吓了一跳，身体情不自禁地后仰。思炫身体前倾，紧紧地盯着胡春秀的眼睛，有条不紊地展开了推理：

"胡春秀，在说你杀死钟雪璇这件事之前，我们先来谈谈你杀死赖兰英的事吧。二〇一〇年十一月十七日晚上，你由于某种原因，杀死了赖兰英。然而，在杀死赖兰英的时候，你手上的手链不慎掉落在案发现场，但你并没有发现。

"赖兰英的尸体被发现后，警察来到现场进行勘查工作。当时，你丈夫赵国枝的发小张磊，也是出警的警员之一。他是首先发现你的那条手链的人，他认得那是你的手链，猜到赖兰英的死跟你有关，甚至你就是杀死赖兰英的凶手。为了保护你，他藏起了那条手链。"

"张……张磊？"胡春秀目瞪口呆。

赵庆华也满脸诧异："张叔他……为什么要这么做呀？"

思炫没有回答赵庆华的问题，一脸呆滞地盯着胡春秀，接着还原事情的经过："赖兰英被杀后，张磊经过一段时间的观察，发现赖兰英只是你所杀死的第一个人，接下来，你还打算接着杀人。当时杨昕被杀的案子已经发生了，张磊为了保护你，便买了四只蜘蛛，打算在你再杀死第二个人的时候，就在尸体上钉上蜘蛛，嫁祸给'蜘蛛杀手'，以扰乱警方的调查视线。"

"他……他怎么……"胡春秀低声自语，"他怎么那么傻？"

她声音虽低，坐在她身旁的赵庆华却听到了："妈！你说什么呀？他说的是真的吗？钟雪璇真的是你杀的？"

胡春秀却似乎没有听到女儿的话，神情木然，目光游离，不知道在想着什么。

思炫接着推理："后来，你果然对钟雪璇动了杀机，在你到钟雪璇每天上学放学的必经之路——龙腾二巷踩点的时候，张磊发现了你的异常举动，密切注视着你。

"二〇一一年三月十七日晚上，张磊跟着你来到龙腾二巷，亲眼看见你用钝器杀死了钟雪璇。你在逃离现场后，张磊穿上增高鞋，在钟雪璇的颈部留下勒痕，并且在她的喉咙上钉上了一只捕鸟蛛。

"果然，由于在杨昕被杀一案中，'死者喉部被钉着一只捕鸟蛛'这个细节并没有向外界公开，而在钟雪璇被杀的案子中，钟雪璇的脖子上又被钉上了一只捕鸟蛛，所以，警方认为杀死杨昕的凶手和杀死钟雪璇的凶手是同一个人，调查方向的错误，最终导致真相被掩埋起来。"

郑天威听到这里，也向胡春秀看了一眼，轻轻地摇了摇头："张磊在钟雪璇的脖子上钉上了一只蜘蛛，手上还有三只蜘蛛，可是他害怕你接下来还会杀人，害怕自己还要再次帮你善后，因此不敢丢掉那三只蜘蛛，而是把蜘蛛暂时藏在家中，没想到却被你的老公赵国枝发现了。"

胡春秀听到这里，脸上的肌肉轻轻地抽搐了一下，露出了一丝痛苦的表情。

韩若寻也吁了口气："赵国枝发现了那三只蜘蛛，误以为张磊是'蜘蛛杀手'，为了阻止他继续杀人，偷走了他的蜘蛛，并且拿到垃圾房丢弃。可是赵国枝却不知道，张磊并不是凶手，但这并不值得庆幸，因为杀死钟雪璇的真正的凶手，是赵国枝的妻子。"

思炫对着胡春秀冷冷地道："你杀死了赖兰英和钟雪璇，虽然当时由于张磊的善后工作，你的罪行并没有被立即发现，你暂时没有接受法律的制裁，但是，也正因为张磊买下蜘蛛，赵国枝偷走蜘蛛，最终导致赵国枝被击毙，也就是说，是你害死了你的丈夫。"

胡春秀听到这里，再也控制不住了，眼泪夺眶而出。

"不……"赵庆华声音嘶哑，"这不是真的……妈！这不是真的！对不对？对不对？"

胡春秀掩面哭泣，过了好一会儿才停下来。

这一刻，屋内一片寂静。

"妈……"数秒后，赵庆华声音颤抖地叫了一声。

胡春秀微微转头，看了女儿一眼，低声道："是真的。"

"怎么会？"赵庆华两手捂嘴，"你为什么要杀死钟雪璇呀？难道是因为她……她对我做过的那件事？"

胡春秀摇了摇头，解释道："华华，这跟你无关，真的。当年，在你自杀未遂而转学以后，事情暂时平息了，然而，我却有些不甘心，这个钟雪璇，凭什么这样欺负我的女儿？于是我想到她家去，把她欺负你的事告诉她的父母，让她的父母好好管教她。不过，当时我根本没有想过要杀她。

"可是，在我来到她家附近的时候，却刚好看到她带着她家的狗出来散步。在看到她的狗的一刹那，我才对她动了杀机。"

胡春秀一提起钟雪璇的狗，霎时间面容扭曲，神情中似乎夹杂着憎恨和恐惧。

"为什么？"赵庆华疑惑不解。

"因为钟雪璇养的是一条卡斯罗犬。"思炫代替胡春秀回答了赵庆华的问题。

"卡斯罗犬？"赵庆华还是不明白，"那又怎样？"

"你妈所杀死的第一个人赖兰英，她也养了一条卡斯罗犬。你妈之所以杀死她，就是因为她养了那条卡斯罗犬。"

赵庆华更加疑惑了："我妈为什么要杀死养有这种狗的人呀？"

"我们走访过你妈以前的邻居，"郑天威讲述道，"得知你妈小时候家里也养过一条卡斯罗犬。"思炫在赵庆华的相册中发现胡春秀在赖兰英遇害后就没有戴过手链这件事之后，便对胡春秀产生了怀疑，并且让韩若寻和郑天威去调查胡春秀的背景，走访她以前的邻居。

此时，韩若寻向胡春秀看了一眼，淡然说道："赵太太，接下来，还是由你来说吧。"

胡春秀知道此时隐瞒已经没有任何意义了，长长地叹了口气，把事情的始末和盘托出。

7

"在我的记忆中，从我懂事起，就知道我的父母经常吵架，甚至是打架。我开始还会觉得害怕，逐渐地就麻木了，每次他们吵架，我就会自己躲在房间里不出来。

"在我七岁那年，我爸在外面有了其他女人，经常不回家过夜。有一次，我爸晚上没有回家，我妈竟然把我跟一条卡斯罗犬一同锁在狗笼里！

"那条狗是我舅舅的，当时他要到外地出差，要去半年，所以把狗暂时寄养在我们家里。我不喜欢狗，也害怕狗，所以我爸就买了一个狗笼，平时把狗关在狗笼里。

"跟那条身体比我还大的恶犬一起被关在狗笼里，是我有生以来最大的噩梦，哪怕到了现在，事情过去三十四年了，但每当我想起当时的情景，仍会心有余悸，我甚至还经常在梦中梦见那条恶犬撕咬我。"

众人听得呆若木鸡。世界上竟然会有对自己的孩子如此狠毒的母亲？

胡春秀轻轻地吁了口气，继续讲述自己噩梦般的童年：

"再说当时，第二天早上，我爸回来了，看到我被关在狗笼里，连忙把我放了出来。接着他跟我妈又吵了起来，他骂我妈是疯子，连自己的女儿也不放过。我妈则对他说，如果他以后敢再去见那个狐狸精，再不回家过夜，就会再次把我关进去，直到那条狗把我咬死为止。我当时听到我妈的话，真的好害怕，害怕得当场就小便失禁了。"

赵庆华从来没有想过母亲的童年竟然如此悲惨，呜咽着轻声道："妈……"

胡春秀向赵庆华看了一眼，凄然一笑，接着讲述：

"我爸虽然跟我妈已经没有任何感情了，但他不忍心看到我被我妈虐待，只好继续和我们一起生活。可是，不久以后，他还是决心离开这个家，去跟那个女人过日子。他后来告诉我，那天他本来想把我也一起带走的，但一来因为他在外面的那个女人不喜欢孩子，二来他怕如果连我也被带走了我妈会疯掉，而且他认为我妈上次把我关进狗笼，只是做给他看的，现在他已决心离去，不会再回头，我妈知道虐待女儿也没用，自然就不会再这样做了。

"那天深夜，我爸收拾好行李，准备悄悄离家，却被我妈发现了，两人又吵了起来。最终我爸还是走了，在他离开前，我妈对着她大吼：'你一定会后悔的！'

"是的，我爸猜错了。我爸走后，我妈再一次把我关进了狗笼。这一次，我被关在狗笼里三天三夜！这三天里，我不敢合眼睡觉，生怕自己一旦睡着，那条恶狗就会扑过来把我咬死。最可怕的是，在这三天里，我妈竟然不给那条狗喂食、喂水，她就是想那条狗把我活生生地咬死，吃我的肉，喝我的血，然后让我爸内疚一生！"

胡春秀说到这里，全身颤抖，满脸惊恐表情。她的话让众人再一次瞠目结舌。郑天威摇了摇头，难以置信地说："虎毒不食儿，天底下怎么会有这么狠心的母亲呀？"

韩若寻也感慨道："有些人，确实没有资格当父母。"

胡春秀定了定神，长叹了一口气，继续说道："后来，一个邻居实在看不过眼，找到了我爸，我爸连忙回来把我带走了。从此，我就再也没有见过我妈，也再没有见过那条卡斯罗犬。可是，我妈和那条恶犬留给我的阴影，却一直刻在我的心中，始终挥之不去。"

赵庆华听得怔怔出神，此时才稍微回过神来，向胡春秀问道："外婆……她后来怎样了？"

胡春秀瞪了女儿一眼，嘶吼道："什么外婆？她不是你的外婆！她是一个恶毒的女人！是一个恶鬼！"

"嗯。"赵庆华低下了头，不敢跟母亲视线相接。在她的印象中，母亲性格温和，说话时总是细声细气的。她从来没有见过母亲这副样子。

就像一头受伤的野兽！

胡春秀大概也意识到自己对女儿的恶劣态度，脸色渐缓，淡淡地道："后来有一次，她喝醉了，自己失足掉进了河里，淹死了。是我舅舅去处理她的后事的，我爸也参加了她的葬礼，但没带我去。"

她在说这几句话的时候，语气颇为冷漠，就像在讲述一个跟自己毫无关系的陌生人的事情一般。

"再后来呢？"韩若寻问道。

"再后来我爸跟那个女人分手了，独自带着我生活。由于小时候的经历，我的性格一直十分孤僻，不愿意跟别人相处。在学校里，我也没有朋友。直到读中学时，我的一个同学打开了我的心扉。"胡春秀说到这里，脸上掠过一丝柔情。

这一丝柔情，似乎瞬间融化了她脸上原来的恐惧、憎恨和冷漠。

郑天威点了点头："这个同学，就是赵国枝了。"在来这里之前，他们已经查到胡春秀跟赵国枝是中学同班同学。

"嗯，国枝是一个十分善良的人。当时，由于我性格孤僻，而且又是单亲家庭，班上的同学们都排斥我，甚至经常欺负我。只有国枝，他愿意跟我做朋友，甚至在我被其他同学欺负的时候为我出头。逐渐地，我发现自己喜欢上他了。"

"你也是在当时认识张磊的吧？"思炫冷不防问道。

胡春秀点了点头："张磊是国枝的发小，当时他虽然跟我们不在同一所学校念书，但每逢周末，国枝都会去找他玩儿，有一次国枝去找张磊的时候带上了我，而我也因此认识了张磊。"

"张磊喜欢你，对吧？"韩若寻问。

没等胡春秀回答韩若寻的问题，郑天威紧接着说道："数天前，张磊为了保护你，为了继续隐藏你的'冒牌蜘蛛杀手'身份，还试图阻止韩队翻查'蜘蛛杀手'的案子呢，唉。"

"张磊他……唉！是的，当时他向我表白过，但那时候我已经喜欢上国枝了，所以拒绝了他。只是……只是我实在没想到他会那么痴情……即使在几十年以后，仍然愿意为我做这么多事……"胡春秀呜咽起来，"我胡春秀何德何能呀，竟然值得他为我这样做？"

她定了定神，问道："张磊做了这些事，会被判刑吗？"

郑天威摇了摇头："他已经死了。"

"什么？"胡春秀吃了一惊。赵庆华也怔了一下。

郑天威把林启信误以为张磊是杀死钟雪璇的"冒牌蜘蛛杀手"，从而把他杀死的事情，简单地告诉了胡春秀和赵庆华。

胡春秀听完以后，双手抱头，痛哭道："一切都是我的错！五年前，我就害死了我的老公！现在，我又害死了张磊！呜呜……我死了以后，到了下面，怎么去面对他俩呀？呜呜……呜呜……"

赵庆华把胡春秀紧紧地抱住，声泪俱下："妈！你别这样！妈……呜呜……"

8

韩若寻等胡春秀母女两人的情绪都稍微稳定下来以后，才接着向胡春秀问道："给我们说一下赖兰英的事吧。"

胡春秀点了点头，继续讲述自己的心路历程：

"毕业以后，我跟国枝结婚了，后来我们生下了华华，虽然日子过得平淡，但也十分幸福。如果不是那天我在街上看到赖兰英，我们一家三口的平静生活或许可以一直持续下去。

"那天晚上，我和国枝在街上散步，在经过一个小区的门外时，看到一个年轻女子正在跟一对夫妇吵架。唔，那个年轻女子，就是赖兰英了，只是当时我还不知道她的名字。当时在赖兰英身边，还有一条大狗。这条狗，竟然跟我小时候家里的那条卡斯罗犬一模一样！

"那对夫妇中的妻子是个孕妇。当时，我看到赖兰英指着那个孕妇，不停地辱骂，骂得非常难听，甚至诅咒她腹中的胎儿。至于赖兰英身边的那条大狗，也凶神恶煞，对着孕妇吠个不停。

"那个孕妇的丈夫也在跟赖兰英对骂，通过他的话，我和国枝知道了事情的大概：赖兰英遛狗不拴狗绳，她的狗突然扑向孕妇，孕妇的丈夫情急之下把狗踢开了，赖兰英看到自己的狗被踢，十分生气，于是跟这对夫妇吵了起来。后来，在赖兰英的辱骂下，在她的那条大狗那充满攻击性的吠声中，那孕妇突然捂着腹部，说肚子疼，最后被送到了医院。"

郑天威听到这里，心中暗道："她果然没有看到事情的全貌，没有看到孕妇动手打赖兰英的那一幕，而只是看到了孕妇因为情绪激动而感到肚子疼的部分。"

"那天晚上，我失眠了，我一闭上眼睛，那个赖兰英的样子就出现在我的脑海中。"胡春秀说到这里，身子轻轻一颤，嘶声道，"不知道为什么，当时赖兰英那盛气凌人、面容扭曲的样子，竟然跟当年我在狗笼中所看到的我妈的样子重叠在一起！而赖兰英身边的那条对着孕妇狂吠不止的大狗，也跟那条在狗笼中对着我狂吠的恶犬的形象重叠在一起！"

胡春秀稍微顿了顿，长长地吁了口气，幽幽地说："我以前曾在一本书上看过这样一句话：'每个人心里，都住着一只魔鬼，只是大部分人心中的魔鬼，都沉睡了一辈子。'我想我心中的那只魔鬼，大概在看到赖兰英和她的那条恶犬的时候，就苏醒了。"

"当时你就决定杀死赖兰英？"韩若寻问。

"是的，而且这种欲望十分强烈。我的身体似乎不再属于我自己，而被那只魔鬼操控了。第二天，我就到那个小区去守候，果然再次看到了赖兰英。我经过调查，得知了她的姓名和一些基本信息。后来，我跟踪了她几天，终于找到了一个机会，杀死了她。唉，如果当时我小心一些，没有把手链掉在现场，就不会有后来的事情了。"

韩若寻摇了摇头，正色道："天网恢恢，疏而不漏，哪怕你没有掉落手链，也会留下其他破绽，最终你也是无法逃脱法律的制裁的！"

胡春秀轻轻地点了点头："我知道，只是，如果我没有掉落手链的话，张磊就不会为了我而把手链藏起来了，也不会去买蜘蛛，那么在我杀死钟雪璇之后，可能很快就会被警察抓住了，而不会害了国枝和张磊。"

"不管怎样，现在一切都结束了。"韩若寻说罢站了起来，"走吧。"

胡春秀叹了口气，也慢慢地站起了身子。

赵庆华抓住了胡春秀的手："妈！"

胡春秀看了看赵庆华，心中柔肠百转，悲咽道："华华，妈走了，你好好照顾自己。"

"妈！妈！"赵庆华紧紧地抱住了母亲。

当然，她也知道，这样是无法阻止母亲被警察带走的。

此时此刻，她的心中后悔不已。

如果早知道"蜘蛛杀手"是自己的母亲，她就不会在陈小娟和梁雯娣的尸体上钉上蜘蛛，不会千方百计地去提醒警方翻查"蜘蛛杀手"的案子了。

张磊为了保护胡春秀，知法犯法，买下了四只蜘蛛，为胡春秀掩饰罪行。

赵国枝误以为张磊是"蜘蛛杀手"，为了阻止张磊继续行凶，偷走蜘蛛，后来又为了通知张磊逃跑，挟持收银员，还因此被击毙。

赵庆华为了帮父亲翻案，也买下了四只蜘蛛，没想到最终却导致母亲落网。

一切，又回到了原点。

终 章

1

至此，"蜘蛛杀手"林启信和"冒牌蜘蛛杀手"胡春秀都被逮捕归案，轰动一时的"蜘蛛杀手"连环谋杀案，终于宣告破案。

胡春秀被韩若寻等三人带回公安局后，她的家中便只剩下赵庆华一个了。

当天晚上，赵庆华独自坐在大厅，看着自己和父母的合照，怔怔出神，喃喃自语。

"爸，妈，对不起……是我对不起你们……"

她不禁想起了那遥远的往事。

当时，她暗恋着班上一个名叫卓斌的男生。

然而卓斌喜欢的女生却是钟雪璇。

钟雪璇也喜欢卓斌，两人瞒着老师和家长早恋了。

他们虽然早恋，但并没有做什么越轨的事情。他们只是经常一起到图书馆复习，相互鼓励，共同进步，希望以后可以考上同一所重点大学。

然而，赵庆华每天看到自己喜欢的男生跟钟雪璇出双入对，形影不离，心中嫉妒不已。

她心中所住的那只沉睡着的魔鬼，此时竟然苏醒了！

她注册了几个新账号，在学校的论坛里散播谣言，说卓斌和钟雪璇到宾馆开房。

这些传言很快就传到了班主任耳中。班主任把卓斌和钟雪璇的家长叫到学校谈话。最终老师和家长虽然明确了卓斌跟钟雪璇并没有到宾馆开房，但也强迫他俩分开了。

不仅如此，从此以后，卓斌和钟雪璇在学校里无论走到哪里，同学们都指指点点，议论纷纷。

后来，卓斌终于承受不住这样的压力了。某天在大家上晚自习的时候，卓斌竟然跑到实验楼的天台，跳楼自杀了。

赵庆华知道卓斌自杀的消息后，整个人呆住了。

她很难过——毕竟那是她喜欢的男生，但更多的是恐惧——毕竟他是因为她散播的谣言而死的。

接下来，赵庆华一连几个晚上都梦见卓斌的鬼魂回来向自己索命。

她为了摆脱噩梦的困扰，独自到卓斌自杀的天台，为卓斌烧纸钱，乞求卓斌原谅自己。

然而，她忏悔时所说的话，却刚好被到天台去悼念卓斌的钟雪璇无意中听到了。钟雪璇因此得知散播谣言、害死卓斌的人，便是赵庆华。

于是，她叫上了徐欣玥等几个好朋友，把赵庆华引到天台上，对她拳打脚踢，甚至拍下了她的裸照，给她一个教训。

赵庆华曾对思炫和郑天威说，钟雪璇等人之所以欺辱她，是因为钟雪璇所喜欢的某个男生喜欢她，这自然是谎言。

"三天之内，向所有人公开你自己做过的龌龊事，让大家知道卓斌是被你逼死的，否则，我就公开这些照片和视频！"这是当时钟雪璇离开天台前丢给赵庆华的最后一句话。

后来赵庆华停学了。钟雪璇、徐欣玥等人通过打听得知，赵庆华竟然试图割腕自杀，这才知道自己做得太过分了。于是，她们删掉了赵庆华的那些照片和视频，并且约定永远不再提起这件事。

只是钟雪璇万万没有想到，这件事会成为后来一连串事件的导火索，并且还导致自己死于非命。

2

当天晚上，赵庆华做了一个很长的梦。

梦境的开端，她坐在电脑的显示屏前方，双手放在键盘上，敲打着一篇帖子："上周末，我在街上发现高一（3）班的卓斌和钟雪璇走进了一家宾馆……"

突然她心中一凛，删除了自己所敲打的文字。

她还注销了自己刚注册的账号。

梦很长。后来，她看到卓斌和钟雪璇仍然像以前一样，每天在学校里形影相随。但不知怎的，她的心中不再嫉妒。

这样挺好呀，我喜欢的人有属于他的幸福，而我自己已有属于我的幸福。

父母和睦，家庭温馨，这就是赵庆华自己的幸福。

梦的最后，赵庆华带着父母到外地旅游。三个人坐在大巴上，欣赏着沿途的美景，谈笑风生。

赵庆华真想这个梦永远延续下去，真想自己可以永远待在梦中，不再醒来。

可是梦终究是梦，总有结束的一刻。

梦醒时分，赵庆华发现自己泪流满面。

此时此刻，空荡荡的家中，便只有她一个人。曾经住在这里的爸爸、妈妈和奶奶，都不在了。

永远也不会回来了。

这一刻，赵庆华感觉自己便像是被整个世界遗弃了一般。

天还没亮。

赵庆华却在床上辗转反侧，再也无法入眠。

她从床头柜的抽屉中取出了一排安眠药，服下两颗，然后用被子蒙住自己的脑袋，只想再次进入睡梦之中。

再回到那个幸福的梦里。在那里，有爸爸，也有妈妈，一切很美。

可是此刻她思绪杂乱，虽然服下了安眠药，却再也睡不着了。

哪怕只是想要一个梦，对她来说，也成了奢望。